Desert Miracle

Nadine Muriel

Danksagung

Die Novelle „Desert Miracle" ist ursprünglich im Jahr 2012 im Wunderwaldverlag erschienen. Ich danke der Verlegerin Michaela Stadelmann von Herzen für ihren Zuspruch, ihre Geduld, ihr Vertrauen in mich und meine Geschichten und für das intensive, detailfreudige, lehrreiche Lektorat.

Ebenso herzlich bedanke ich mich bei meinem großartigen Lebenspartner Rainer Wüst, der mich zu der Neuveröffentlichung von „Desert Miracle" ermutigte und der die Neuauflage mit viel Liebe gestaltete.

Gewidmet ist das Buch all den Weggefährt*innen on the road und zuhause, die für mich Unternehmungen zu einzigartigen Abenteuern machten.

Impressum:

1. Auflage
ISBN: 978-3-7693-5605-2

Dieses Buch ist auch als eBook erhältlich.

Lektorat und Korrektorat: Michaela Stadelmann (www.textflash.de)
Satz: Rainer Wüst - PrinzO Mediengestaltung (www.prinzo.de)
Umschlaggestaltung: Rainer Wüst - PrinzO Mediengestaltung
(www.prinzo.de); Michaela Stadelmann (www.textflash.de)
Umschlagfotos: Nadine Muriel
Verlag: BoD · Books on Demand GmbH, In de Tarpen 42,
22848 Norderstedt, bod@bod.de
Druck: Libri Plureos GmbH, Friedensallee 273, 22763 Hamburg

Desert Miracle

Herzlich Willkommen in Alice Springs, der verdorrten Wüstenrose, dem blutigen Herzen Australiens. Du bist heute neu hier angekommen, nicht wahr? Hab ich mir gedacht. Direkt aus Adelaide? Dann kommst du ja geradewegs aus der Zivilisation, hast soeben die Schwelle zur Wildnis überschritten. Und insgesamt bist du erst seit knapp einer Woche in Australien? Ist dies dein erster Trip ins Outback? Hey, dann bist du ja noch ein richtiges Greenhorn.

Sorry, schau nicht so sauer, das sollte keine Beleidigung sein. Schließlich waren wir alle mal neu hier, neu und fremd und unsicher, bis wir irgendwann merkten, dass unsere Träume nicht mehr von alten Burgruinen und Gärten mit gestutzten Hecken handeln, sondern von Dingos, Brumbies und wilden Kamelen, und dass das Brausen unseres erregten Blutes nicht mehr wie das Dröhnen von tausend Motorrädern klingt, sondern wie ein Regensturm, der über die Ebene fegt ... Ja, von dem Moment an begriffen wir, dass unsere Herzen begonnen hatten, im Rhythmus des Outback zu schlagen. Für die restliche Welt waren wir fortan verloren.

Ich? Oh, ich lebe schon seit über zehn Jahren in Alice Springs. Ja, genau, hier in diesem Hostel, im Desert Miracle. Ich helfe an der Rezeption aus, jäte Unkraut im Innenhof, repariere Wasserkocher und Ventilatoren, öle die Betten, damit sie nicht quietschen, sammle verirrte Gäste an der Telegrafenstation und beim botanischen Garten ein ... Kurzum: Würde mein Bart nicht fast bis zum Bauchnabel reichen und trüge ich statt Jeans ein Röckchen mit Schürze, wäre ich das sprichwörtliche Mädchen für alles. Warum ich so gut Deutsch kann? Ursprünglich komme ich aus Mannheim. Und natürlich heiße ich nicht Charly Tanny, sondern ganz banal Karl Tannhaus.

Und du? Woher kommst du? Ah, eine coole Stadt, dort wollte ich eigentlich ... Wie bitte? Doch, doch, das Desert Miracle ist okay. Du hast eine gute Wahl getroffen. Klar, es ist nicht das Hilton, aber für ein einfaches Backpacker-Hostel ist es regelrechter Luxus. Stimmt, das Bad könnte öfter geputzt werden, aber was soll's. Vergiss nicht, du bist in Alice Springs, der Vorhölle mitten im Nirgendwo! Ach ja, und ein Tipp - wenn du eigene Lebensmittel mitgebracht hast, solltest du sie unbedingt in einer abschließbaren Kiste verstauen. Manche Gäste hier klauen wie die Raben. Insbesondere offen herumstehende Alkoholvorräte verschwinden grundsätzlich schneller, als du »Durst« sagen kannst. Haha, liegt wahrscheinlich an der heißen, trockenen Wüstenluft, dass die so rasch verdunsten ... He, das war ein Scherz! Nun lach doch endlich mal und schau nicht immerzu so entsetzt! Aber schon gut, ich kann verstehen, dass du noch etwas verwirrt bist von der trockenen Hitze, die über der Stadt lastet, von den schroffen Felsenwänden, die Alice Springs umschließen und dir beständig das Gefühl geben, eingesperrt zu sein, von dem Fluss, der keinen einzigen Tropfen Wasser führt und in dessen leerem Bett stets heruntergekommene Gestalten lungern, von den Häusern und Straßenzügen ohne Charme, von dem beißenden Geruch nach heißem Sand, Abgasen und Staub, der sich in deine Lungen frisst ...

Und dann auch noch ich, ein alternder Freak mit schmierigen Haaren und ungewaschenen Hosen, der an einem wunderschönen Tag wie diesem morgens um halb elf nichts Besseres zu tun hat, als bei geschlossenen Rollläden in der Küche herumzulungern und krümelige Selbstgedrehte zu rauchen. Alles in allem muss das für jemanden, der frisch aus Adelaide kommt, ein regelrechter Kulturschock sein. Kein Wunder, dass man dich momentan zum Lachen auf den Kopf stellen muss. Aber mach dir nichts draus, du wirst dich daran gewöhnen ... So, wie wir alle uns an Alice Springs gewöhnt haben, unsere verruchte, verlotterte Braut mit dem wahnsinnigen Fieberblick.

Komm, trink erst mal ein Bier, das beruhigt. Ach, du willst sowieso morgen schon wieder abreisen und brauchst dich erst gar nicht an Alice Springs zu gewöhnen? Na, egal, das Bier kannst du trotzdem trinken, schadet ja nicht. Und vielleicht kannst du mir auch eins geben? Ich hab gesehen, du hast noch zwei Sixpacks im Kühlschrank ... Danke.

Und wohin geht's morgen weiter? Klar, zu Ayers Rock. Ich hätte es mir denken können. Jeder, der nach Alice Springs kommt, will Ayers Rock, auch Uluru genannt, sehen. So wie ich ...

Ja, auch ich kam einst als junger, aufgeweckter Backpacker nach Australien. Nein, nein, nicht erst damals, vor zehn Jahren. Ich war davor schon einmal hier. Und ich musste wiederkommen. Australien hat mich gepackt und nicht mehr losgelassen.

Ich weiß, solche Sätze stehen in jeder rührseligen Biographie von Auswanderern und Weltenbummlern, aber bei mir ging es nicht um jene unbändige Reiselust, die wie ein Feuer in den Seelen mancher Menschen brennt. Nein, Australien hat die stählernen Tentakel seines roten Herzens tief in mein Dasein gegraben und mich auf grausame Weise zu sich zurückgezogen. Mich, den Frevler, den Ungläubigen ...

Aber was rede ich? Ich wette, du hast Besseres zu tun, als dir meine Geschichte anzuhören.

Ach, sie interessiert dich wirklich? Na gut ... Aber kannst du mir vorher vielleicht noch ein weiteres Bier geben? Das Sprechen in dieser trockenen Luft dörrt den Gaumen immer so furchtbar aus ... Danke.

Nun, ich war vierundzwanzig, als ich das erste Mal nach Australien reiste. Mitte der Neunziger war das. Es war eine ziemlich kurzfristige Entscheidung, nachdem ich im Fernsehen zufällig eine Sendung über Schnabeltiere gesehen hatte. Da mir sowieso noch jede Menge Urlaub zustand, buchte ich am nächsten Tag den Flug. Sechs Wochen wollte ich herumreisen. Gleich an meinem zweiten Abend in Sydney lernte ich in der Gemeinschaftsküche des Hostels Thomas kennen, einen anderen deutschen Backpacker. Er hatte ein paar Tom-Waits-Kassetten und einen kaputten Kassettenrecorder dabei, ich einen Schraubenzieher, sodass ich das Ding wieder zum Laufen brachte. Was soll ich mehr sagen? Wir verstanden uns auf Anhieb. Nach mehreren Victoria Bitter, einem angeschickerten Spaziergang zum Hafen und einer ausgiebigen Diskussion über die Todesursache von Jim Morrisson stand für uns fest, dass wir gemeinsam weiterreisen würden.

Unser Weg führte uns an der Ostküste entlang gen Norden. Thomas war ein großartiger Kerl! Er kam aus Berlin, hatte gerade seine Ausbildung als Koch beendet und träumte davon, irgendwann ein kleines, szeniges Lokal in Kreuzberg zu eröffnen. Dafür übten wir nun, indem wir uns Tag für Tag mit den verrücktesten Lebensmitteln eindeckten und daraus Köstlichkeiten brutzelten. Noch selten hatte ich jemanden getroffen, mit dem ich mich so hervorragend verstand – ganz egal, ob wir gemeinsam kochten, durch die Wildnis streiften oder über Gott und die Welt philosophierten.

Irgendwann beschlossen wir, als Krönung unserer Reise gemeinsam quer durch das rote Herz Australiens zu schießen, von Darwin nach Adelaide, und unterwegs in Alice Springs Halt zu machen und Uluru anzuschauen.

Den letzten Abend in Darwin verbrachten Thomas und ich auf einem Konzert in einem Pub. Während die Band ohne je länger als fünf Sekunden gemeinsam den Takt zu halten, aber dafür mit umso größerer Begeisterung rockte und der Sänger ekstatisch ins Mikro nuschelte, kamen Thomas und ich wie üblich mit einigen Leuten an der Bar ins Gespräch. Natürlich erwähnten wir auch, dass wir morgen gen Alice Springs aufbrechen und von dort aus zum Uluru fahren wollten.

»Uluru? Echt fucking cool, Mann«, bemerkte ein Typ mit schulterlangen Haaren und klopfte Thomas so fest auf den Rücken, dass dieser fast zu Boden ging. »Aber kommt bloß nicht auf die Idee, als Souvenir einen Stein vom Uluru mitzunehmen. Das bringt furchtbares Unglück!«

Thomas und ich hielten das ganze bloß für einen Scherz und brachen in bierseliges Gelächter aus.

»Keith hat recht, yeah«, mischte sich ein alter Mann mit Staubmantel und Akubra ein, der aussah, als sei er direkt einem Spaghetti-Western entsprungen. »Uluru mag es nicht, wenn man ihn respektlos behandelt. Er wehrt sich dagegen. Es gibt zahllose Geschichten über Menschen, die einen Stein von Uluru geklaut haben. Stets widerfuhr ihnen daraufhin entsetzliches Unheil. Auf diese Weise hat Uluru sich gerächt. Der Fluch wurde erst gebrochen, nachdem sie den Stein zu Uluru zurückbrachten. Es heißt, viele Leute kamen von weither, nur um endlich das fucking Felsstück loszuwerden.« Sein faltiges Ganovengesicht verzog sich zu einem Lächeln. »Nun, wir hätten euch echt gern wieder als Gäste in Downunder. Aber es wäre schön, ihr kämt zurück, weil unser Land euch so gut gefällt. Nicht, weil ein böser Bann euch dazu zwingt.«

Einige Männer nickten zustimmend. Auf der Bühne röhrte der Sänger los, als ginge es um sein Leben.

Plötzlich fühlte ich mich ausgesprochen unbehaglich. Schon so oft hatten andere Reisende mir berichtet, Uluru strahle irgendetwas Fremdartiges, unerklärlich Beängstigendes aus ...

Sollte der Fels tatsächlich ein finsteres Geheimnis bergen? Ein Schauer rieselte meinen Rücken hinab. Mein Blick fiel auf Thomas, der verstohlen in sein Bierglas grinste. Ich riss mich zusammen. Himmel, das alles war bloß alberner Aberglaube, nichts weiter!

»Was genau ist denjenigen denn passiert, die angeblich von Uluru verflucht wurden?«, fragte ich, die Arme vor der Brust verschränkt. Meine Stimme klang schärfer als beabsichtigt. »Worin bestand ihre Misere?«

Die Männer am Tresen hoben die Schultern. Keith wandte den Blick ab und nestelte so hingebungsvoll an einem Hemdknopf, als gäbe es nichts Wichtigeres auf der Welt.

»Ich weiß nicht«, murmelte er.

Ein anderer fügte hinzu: »Mein Dad meint, dass noch nie jemand gesagt hat, was ihm widerfahren ist.«

»Yeah. Vielleicht darf man ja nicht darüber sprechen, um das Unglück nicht erneut heraufzubeschwören?«, mutmaßte der Spaghetti-Western-Gringo.

Thomas zwinkerte mir zu. »Kennt einer von euch jemanden persönlich, der einen Stein von Uluru mitgenommen hat?«, forschte er weiter.

Alle schüttelten den Kopf.

»Der Bruder meiner Frau lebt in Catherine und sein Nachbar ...« begann ein Mann mit wettergegerbter Haut und wasserblauen Augen zögerlich.

Keith unterbrach ihn: »Mir hat mal der Vorarbeiter auf einer Farm erzählt, dass sein Schwager ...«

Ich unterdrückte ein Kichern. Meine Beklommenheit war unbändiger Erleichterung gewichen. Eindeutig, uns wurde eine Urban Legend ersten Grades aufgetischt – und ich hätte sie in meiner grenzenlosen Naivität fast für bare Münze genommen! Auch in meinem Bekanntenkreis kursierten solche kuriosen

Geschichten, die gern in geselliger Runde zum Besten gegeben wurden. Und natürlich schwor jeder Erzähler Stein und Bein, das alles sei dem Freund eines Kollegen oder der Cousine eines Nachbarn genau so passiert. Doch erstaunlicherweise trifft man nie jemanden, der etwas derartiges tatsächlich selbst erlebt hat!

Keith legte eine Hand auf meine Schulter und riss mich aus meinen Gedanken. »Also, Jungs, ich gebe uns allen ein Bier aus und ihr versprecht mir dafür, dass ihr keinen Unfug bei Uluru macht, okay?«

Ich nickte. »Alles klar, dank dir. Und die nächste Runde geht auf mich.«

Thomas und ich waren voll wie zwanzig Matrosen, als wir in unsere Betten fielen. Der altersschwache Ventilator knirschte nervenzermürbend. Trotzdem war es drückend heiß in unserem Hostelzimmer. Moskitos surrten.

»Uluru als Rächer ... Die Typen im Pub hatten echt abgefahrene Storys drauf«, grunzte ich und wälzte mich auf die andere Seite. Schon jetzt war mein Laken schweißdurchtränkt.

Thomas richtete sich auf. Sein Bett ächzte und knarrte, als wolle es jeden Moment unter ihm zusammenbrechen. »Na ja, das erstaunt mich nicht. Vergiss nicht, die meisten von ihnen sind Farmer oder Swagmen, die abgeschieden im Outback leben. In eine größere Stadt wie Darwin kommen sie höchstens ein- oder zweimal im Jahr. Da hat man draußen im Busch genug Zeit, so lange über irgendwelche Gerüchte zu grübeln, bis man zu dem Schluss kommt, etwas Wahres müsse dran sein.«

»Ach was. Um solche Spinnereien zu glauben, braucht man nicht in der Pampa zu hausen. « Ich kicherte. »Oder haben dir daheim in Deutschland nicht schon mindestens fünf Leute die Geschichte von der Tussi erzählt, die beim Autofahren immer extrem laute Musik hört und ...«

Thomas prustete los. »Meinst du die Story mit dem Anhalter und den abgetrennten Fingern auf der Fußmatte? Die ist echt heftig!« Er knipste seine Taschenlampe an, wühlte in seinem Rucksack und förderte schließlich zwei Dosen Victoria Bitter hervor. »Aber ich wette, die Story von der Frau, die immer ihren Dobermann auf dem Rücksitz dabeihat, kennst du noch nicht ...«

Nun, dass die Fahrt von Darwin Richtung Alice Springs am nächsten Tag kein Zuckerschlecken war, kannst du dir sicherlich vorstellen. Bereits morgens um neun war es brüllend heiß im Innern des Greyhound-Busses. Thomas und ich waren so verkatert, dass wir kaum geradeaus gucken konnten. Der Gestank nach Schweiß und Öl raubte uns fast den Atem. Außerdem hatten wir in der Eile des Aufbruchs vergessen, unsere Wasserflaschen aufzufüllen. Schon nach den ersten zwei Stunden plagte uns unerträglicher Durst, doch nirgends war ein Roadhouse oder ein Pub in Sicht.

Himmel, was für ein Durst! Meine Zunge fühlte sich an wie ein Scheuerlappen. Mein Gaumen schien in Flammen zu stehen. Entsetzlich! Ich bekomme schon wieder fürchterlichen Durst, wenn ich nur daran denke. Ich ... Oh, vielen Dank für das Bier. Ich sehe schon, du verstehst mich.

Um es kurz zu machen: Die Fahrt von Alice Springs nach Uluru wurde noch viel schlimmer. Ein Farmer namens Jules nahm uns gegen Spritkostenbeteiligung mit. Ich glaube, es ging ihm weniger um das Geld als darum, während der Fahrt Gesellschaft zu haben. Verdammt, das war eine harte Tour! Der Geländewagen schwankte und schaukelte auf der unebenen Piste, dass einem schwindelig wurde. Erbarmungslos brannte die Sonne auf uns herab. Unsere Augen tränten vom heißen Wind und von dem feinen roten Staub, der sich in ihnen festsetzte. Die Tage schienen kein Ende zu nehmen. Die ganze Zeit über sahen wir kaum ein Zeichen von menschlicher Zivilisation, kein einziges Haus, geschweige denn eine Stadt. Wie ein Film spulte sich die ewig gleiche Landschaft vor uns ab: der strahlend blaue Himmel, die Erde so tiefrot, dass es fast schon unnatürlich wirkte, die igelähnlichen Büschel aus Spinifex-Gras, die im gleißenden Sonnenlicht glänzten wie mit Öl überzogen. Die Weite erschreckte und faszinierte mich gleichermaßen. Ja, ich war bestürzt, fassungslos, überwältigt. Ich kam mir so winzig und bedeutungslos vor, doch gleichzeitig war mir, als ob diese endlose Freiheit meine gesamte Seele durchdrang und unabänderlich ein Teil von mir wurde.

Am Nachmittag hielten wir stets an, um Feuerholz zu sammeln. Unter der unbarmherzigen Sonne krochen wir durch das Gebüsch und suchten nach brennbaren Ästen, während das Spinifex-Gras unsere Beine zerstach, die Ameisen über unsere Hände krochen und die Moskitos uns als Festschmaus feierten. Doch, oh, die Sonnenuntergänge entschädigten uns für alles! Wusstest du, dass die Sonnenuntergänge in der Wüste einfach unvergleichlich sind? Sie ... Ach, was rede ich, du wirst es ja morgen selbst erleben. – Sobald dann die Nacht hereinbrach, entzündeten wir ein Lagerfeuer, welches für die nächsten Stunden das Zentrum unseres Lebens sein sollte. Wir kochten Kaffee und unser Abendessen über den Flammen, breiteten unsere Swags direkt neben dem Feuer aus, und jetzt tränten unsere Augen von dem beißenden Rauch.

Trotz aller Widrigkeiten hätte es ein herrliches Abenteuer sein können, wenn Jules nicht so eine lästige Plapperbacke gewesen wäre. Ununterbrochen redete er auf uns ein und gab eine dämliche Anekdote nach der anderen zum Besten. Von einem Ort namens Speewah war die Rede, wo die Krähen rückwärts fliegen, um keinen Staub in die Augen zu bekommen, oder von Holzfällern in Wauchope, die Berühmtheit erlangten, weil sie Kakerlaken abrichteten und ihnen alle möglichen Kunststückchen beibrachten. Dabei schnorrte er ständig Bier von Thomas und mir. Anscheinend ging er davon aus, er hätte es sich verdient, indem er uns derart glänzend unterhielt. Am liebsten hätten wir diesem Dampfplauderer ein Pflaster auf den Mund geklebt!

Endlich kam unser letztes gemeinsames Frühstück mit Jules. Wir saßen eingemummt in dicke Pullover auf unseren Swags, tranken Kaffee ohne Milch, den wir im Billy gekocht hatten, und rösteten Toastbrot über dem Feuer. Über uns wölbte sich tiefschwarz das Firmament. Nur ein eisgrauer Schimmer im Osten deutete an, dass der neue Tag anbrach.

»Bald ist es geschafft ... Und ihr wisst ja, dass ihr auf keinen Fall einen Stein von Uluru mitnehmen dürft, oder?« Mit seinen bräunlich verfärbten Zähnen grinste Jules uns an.

Thomas und ich nickten fröstelnd.

»Wirklich!« Jules nahm seinen angebrannten Toast vom Feuer, bestrich ihn mit Vegemite und biss herzhaft hinein. »Mein Bruder Murray hat den Fluch am eigenen Leib erlebt. Ich erinnere mich noch genau, wie alles anfing. Murray war damals mit einer hübschen Sheila aus Melbourne verlobt und wollte bald zu ihr ziehen. Sein zukünftiger Schwiegervater hatte ihm bereits einen Job in einer Autowerkstatt vermittelt. Kurz vor seiner Hochzeit steckte Murray bei einer Tour zu Uluru einen Felssplitter ein, als Erinnerung an seine Heimat, behauptete er. Ich fand das zwar ziemlich rührselig, sagte aber nichts. Warum sollte mein Bruder nicht den Stein mit sich herumtragen, wenn es ihm half, sich in der Stadt nicht komplett verlassen zu fühlen? Klar, man hatte uns immer eingetrichtert, dass wir nie auch nur einen winzigen Splitter von Uluru entfernen durften.

Aber für die Ermahnungen der Alten interessierten wir uns grundsätzlich so viel, wie eine Kuh sich für die Fliegen auf ihrem Allerwertesten interessiert. – Nach Murrays Heirat habe ich fast fünf Jahre lang nichts von ihm gehört. Anfangs schickte ich ihm zwar ab und zu eine Karte, aber er antwortete nie.«

»Hast du dir denn keine Sorgen um deinen Bruder gemacht?«, erkundigte sich Thomas.

Jules kratzte den letzten Rest Vegemite aus dem Glas, leckte das Messer ab und zuckte mit den Schultern. »Zuerst war ich einfach nur stinksauer, dass dieser Dunsthund es nicht mehr nötig hat, sich bei seiner Familie zu melden, kaum dass er es in der Stadt zu was gebracht hat. Damals gab es noch kein Telefon hier im Outback, sonst hätte ich ihn angerufen und ihm die Hölle heißgemacht. Dann erfuhr ich von einem Farmer, der gelegentlich in Melbourne zu tun hatte, dass Murray gar nicht mehr an seiner alten Adresse lebte. Mein Ärger verwandelte sich in helle Aufregung. Aber was sollte ich schon tun? Ich konnte ja nicht auf ungewisse Zeit meine Farm im Stich lassen, um in Melbourne Detektiv zu spielen und meinem Bruder hinterher zu forschen! Und die Polizei konnte mir nicht weiterhelfen. Wenn Murray oder seine Hübsche etwas ausgefressen hätten, ja, dann wäre es natürlich etwas anderes, erklärte man mir auf der Polizeistation in Alice Springs. Aber so sei es allein Murrays Entscheidung, ob er Kontakt zu mir pflegen wolle. Murray wäre nicht der erste und mit Sicherheit auch nicht der letzte Mann in Australien, der alle Verbindungen zu seiner Familie abbricht, hieß es.« Jules seufzte, rückte seinen Akubra zurecht und fuhr fort: »Ja, und eines Tages stand Murray plötzlich vor meiner Tür, heruntergekommen wie ein alter Swagman. Und er stank ... Ein Plumpsklo im Hochsommer ist nichts dagegen! Als erstes fiel er über meinen Kühlschrank her. Danach warf er sich auf mein Sofa und schlief zwei Tage durch. Im Schlaf ächzte, stöhnte und wimmerte er, als sei ihm der Leibhaftige auf den Fersen. Es war furchtbar. Im Lauf des darauffolgenden Abends rückte er allmählich mit seiner Geschichte heraus: In der Werkstatt hatte man ihn bereits nach wenigen Monaten wieder gefeuert, gestand Murray, während er mir beim Grillen zusah. Anschließend fand er keine neue Arbeit mehr. Ich konnte es kaum glauben. Schließlich war Murray schon damals ein Experte darin, kaputte Karren wieder ans Laufen zu bringen! Warum stellte niemand einen tüchtigen Mann wie ihn ein?

Murray knetete seine Finger und starrte in die Ferne. ‚Es liegt an dem Stein von Uluru‘, flüsterte er und fuhr mit dem Ärmel über sein Gesicht. Obwohl es beileibe nicht heiß war, schwitzte Murray wie ein Pinguin in der Sahara. ‚Er ist ... Wenn man ihn in der Hand hält, dann ...‘ Murrays Mundwinkel zuckten. ‚Glaub mir, es bringt großes Unglück, einen Splitter von Uluru zu besitzen.‘

Er berichtete weiter, dass auch seine Ehe die Hölle auf Erden war, denn seine Frau meckerte, nörgelte, stichelte und fluchte, was das Zeug hielt. Schließlich angelte sie sich in einen Bankangestellten und setzte Murray kurzerhand vor die Tür. Für Murray stand nun fest, dass er den elenden Stein loswerden musste. Also kaufte er von seinem letzten Geld einen Geländewagen, um zu Uluru zu fahren und das Felsstück an seinen Ursprungsort zurückzubringen. Dort angekommen, warf er den Gesteinsbrocken weit von sich.

‚Und dafür hast du mehrere Jahre gebraucht?‘, entfuhr es mir.

Murray schüttelte den Kopf. Seine Finger krampften sich so fest um eine Gabel, dass die Knöchel weiß hervortraten. ‚Wenn das Leben einmal so eine verhängnisvolle Wendung genommen hat, kannst du nicht wie bisher einen Fuß vor den anderen setzen und geradeaus auf dein Ziel zugehen. Jeder Schritt führt dich unausweichlich tiefer in dein Unglück.'

Mehr bekam ich nicht aus Murray heraus.

Natürlich plagte mich die Sorge um meinen Bruder. Woher sollte ich wissen, ob sein Gefasel über den fluchbeladenen Stein der Wahrheit entsprach? War es nicht viel wahrscheinlicher, dass Murray in Melbourne einige Fehltritte begangen hatte, die ihm jederzeit wieder unterlaufen konnten? In welche Schwierigkeiten würde er als nächstes geraten?

Doch meine Ängste erwiesen sich als unbegründet: Kurz darauf fand Murray eine Anstellung als Erntehelfer auf einer Farm am Darling River. Ich besuchte ihn so bald wie möglich. Zu meiner Überraschung ging es ihm hervorragend. Sein Boss betonte mehrfach, er habe noch selten einen so fleißigen und ehrgeizigen Mann wie Murray getroffen. Nun war ich überzeugt, dass tatsächlich nur das verfluchte Felsstück an Murrays Misere schuld sein konnte. Inzwischen betreibt Murray seinen eigenen Gebrauchtwagenhandel in Bourke. Wir sehen uns ein- bis zweimal im Jahr. Übrigens, als ich ihn das letzte Mal besucht habe, hat er mir eine wirklich außergewöhnliche Geschichte erzählt über einen Alligator, der ... Aber was vertrödeln wir hier unsere Zeit?« Abrupt sprang Jules auf. »Wir könnten längst unterwegs sein! Schließlich kann ich euch das alles auch beim Fahren erzählen.«

Thomas und ich erhoben uns ebenfalls, um unsere Blechtassen auszuspülen und unser Gepäck auf der Pritsche des Wagens zu verstauen.

Gegen Mittag hielten wir an einem Roadhouse. Thomas und ich kauften Zigaretten, mehrere Packungen TimTams und investierten nach kurzer Überlegung das Wechselgeld in ein Marshmallow-Eis für jeden von uns. Während Jules und die breithüftige Verkäuferin sich in eine ausführliche Diskussion über die bevorstehende Aussie Footie League vertieften, ließen Thomas und ich uns draußen im Schatten eines ausgeschlachteten Roadtrains nieder.

»Eigentlich hätten wir uns denken können, dass Jules, das alte Schnattermaul, irgendwann noch eine Schauergeschichte über Uluru bringt, oder?« Thomas lachte und streckte seine Beine aus. »Zumindest war sie spannender als seine üblichen Schwafeleien.«

Auch mir war diese Geschichte während der gesamten Fahrt nicht aus dem Kopf gegangen. Obwohl das Mundwerk von Jules nie stillstand und er jeden Schwank als »absoluten Horror«, »kränkste Story der Weltgeschichte« oder »total durchgeknallte Freakshow« anpries, hatte keine seiner Erzählungen so eindringlich geklungen. Außerdem erstaunte es mich, dass sie ausgerechnet Jules´ Bruder passiert sein sollte. Die anderen Anekdötchen, mit denen Jules uns unentwegt zu unterhalten pflegte, waren stets auf weitaus größeren Umwegen zu ihm gelangt.

»Ich frage mich, was wirklich hinter der ganzen Sache steckt«, murmelte ich und zeichnete mit der Fußspitze gedankenverloren ein Muster in den staubigen Boden. »Könnte es sein, dass dieser Murray tatsächlich einen Stein von Uluru mitgenommen und anschließend seinen Job in Melbourne verloren hat? Schließlich ist es nicht ungewöhnlich, dass ein Chef nach ein paar Wochen feststellt, dass der neue Mitarbeiter doch nicht so gut in den Betrieb passt wie erwartet. Aber unbewusst glaubte Murray wohl an die Legende um die Felsstücke. Also hielt er sich fortan für verflucht und gab sich keine große Mühe, eine neue Stelle zu finden.«

»Du meinst, so ein Stein wirkt allein dadurch, dass die Leute diese Sage für wahr halten, im Sinne einer sich selbst erfüllenden Prophezeiung?« Thomas nickte. »Ja, das klingt logisch.

Dann rührten Murrays Eheprobleme vielleicht auch nur daher, dass seine Frau genervt war, weil Murray immer nur herumsaß und sein Elend beklagte, statt sich zu etwas Neuem aufzuraffen. Erst nachdem er den Stein zurückgebracht hatte, glaubte er wieder daran, dass er alles zum Guten wenden konnte, und versuchte sein Leben in den Griff zu bekommen – wie man sieht, mit Erfolg.«

»Genau. Aber natürlich machen solche Schreckensstorys sofort die Runde. Ich will gar nicht wissen, wie vielen Leuten Jules schon erzählt hat, dass sein Bruder von geheimnisvollen Mächten heimgesucht wurde. Von den unzähligen Leuten, die ebenfalls einen Brocken von Uluru besitzen, ohne dass ihnen je etwas Schlimmes passierte, erfährt man hingegen nie etwas. Dadurch funktioniert das alles wie ein Kettenbrief – es genügt, dass jedes Mal nur ein oder zwei Brauseköpfe ihn weiterleiten, und schon kommt die Sache ins Rollen.«

Ein quäkender Ton durchschnitt die Stille. Hinter uns drückte Jules die Hupe. Offensichtlich hatten er und die Verkäuferin inzwischen geklärt, welches Footie-Team die diesjährige Meisterschaft gewinnen würde. Wir sprangen auf.

»Was meinst du – wollen wir auch irgendein Gerücht ausstreuen, wenn wir wieder in Deutschland sind?«, schlug ich vor, während wir zum Auto schlenderten. Grinsend schob ich den Rest meiner Eiswaffel in meinen Mund. »Natürlich nichts Schlimmes … Aber wir könnten zum Beispiel bei jeder Gelegenheit darauf hinweisen, dass es Glück bringt, in den Rhein zu spucken. Und dann warten wir ab, wie lange es dauert, bis die ersten Histörchen kursieren über Leute, die in den Rhein gespuckt haben und deren Herzenswünsche sich daraufhin erfüllten.«

Ja, und endlich erreichten wir Uluru. Ich kann nur sagen – Uluru ist äußerst eindrucksvoll! Wie soll ich es beschreiben? Nun, mir war, als ob etwas tief in mir berührt wurde und ich Uluru auf eine Art wahrnahm, für die es in unserer Sprache keine Worte gibt. Uluru wirkte so verstörend fremd und gleichzeitig auch vertraut, ja, auf eine geheimnisvolle, unerklärliche Weise vertraut ... Es fühlte sich an, als ob ein Stück meines Bewusstseins den Koloss wiedererkannte, und zwar ein Stück, das mir bislang selbst fremd war. Meine erste Überlegung war – ob ich Uluru vielleicht schon mal in meinen Träumen gesehen habe? Aber ich merkte sofort, nein, das kann nicht sein. Jener Teil meiner Seele, der Uluru erkannte, war viel profunder, verborgener und älter, als alle Träume es je sein können. Ebenso wunderte ich mich, dass der Monolith überhaupt nicht so einen respekteinflößenden Eindruck erweckt, wie ich erwartet hatte. Im Gegenteil, ihn zu erblicken war, als ob ich nach langen Jahren der Einsamkeit endlich einem vertrauten Freund begegnete. Ja, es fühlte sich an, als ob Uluru mir leise zuwinkt und mich auf eine unsichtbare Weise willkommen hieß, die nicht mit den uns bekannten Sinnesorganen wahrnehmbar ist.

Insgesamt blieben wir drei Tage bei Uluru. Mehrmals umrundeten Thomas und ich den mächtigen Fels. Dabei stellte ich fest, dass Uluru von Nahem nicht wie eine Einheit wirkt, sondern wie eine komplette Welt, eine Landschaft mit Hügeln, Schluchten, Wasserläufen, Kammern und Spalten. Glaub mir, er ist ein Universum für sich. Thomas und ich waren uns einig, dass ... Aber he, Junge, was ist los? Du rutschst ja auf deinem verdammten Stuhl herum, als würdest du auf einem Ameisenhaufen sitzen. Und dein Blick könnte Milch sauer werden lassen! Oh, ich verstehe. Bestimmt haben dir in Adelaide sämtliche Backpacker, die gerade aus dem Outback kamen, ausschweifende Vorträge darüber gehalten, wie mysteriös und majestätisch Uluru ist, nicht wahr? Ich wette, inzwischen fändest du sogar eine Unterhaltung mit einer Qualle interessanter als dieses ewig gleiche Gesülze. Wahrscheinlich würdest du jedem, der dir solche Phrasen ins Ohr leiert, am liebsten ein Fünfzig-Cent-Stück in die Hand drücken, damit er eine Parkuhr volllabern kann und dich in Ruhe lässt.

Nun gut, ich will versuchen, mich kurz zu fassen.

Schließlich hieß es Abschied nehmen von Uluru. Ein letztes Mal beobachteten Thomas und ich, wie Uluru im Sonnenaufgang als prachtvolles, blutrotes Juwel aufglühte. Der Anblick trieb mir Tränen in die Augen. Und diesen Felsen hatte man uns in Darwin also als kleinlichen Rächer geschildert, der habsüchtig jeden einzelnen Splitter bewachte? Pah!

Ich sprang auf.

»Wohin gehst du?«, rief Thomas.

»Wer immer so einen Schwachsinn darüber verbreitet, wie gefährlich Uluru ist, kann mir künftig den Buckel runterrutschen und unten mit der Zunge abbremsen. Ich hole mir meinen gottverdammten Stein!«

Ja, dachte ich trotzig, seht nur her, ihr selbstherrlichen Swagmen und eingebildeten Farmer! Mir könnt ihr keine Angst einjagen. Ich bin kein naives Greenhorn mehr, das an euren Lippen hängt, während ihr euer erbärmliches Vergnügen darin findet, mit Geschichten anzugeben, die ihr nicht mal selbst erlebt habt. Nun bin ich auch ein Eingeweihter, denn ich kenne Uluru – und ich weiß jetzt, habe es tief in meinem Inneren gespürt: Uluru kann nichts Boshaftes tun! Er ist so wohlwollend uns gegenüber, lässt uns großzügig an seinem Zauber teilhaben ... Weshalb sollte er sich da knauserig wie Schafscherer an jeden einzelnen Splitter krallen? Seine Macht ist so stark, dass er gewiss nicht zu geizen braucht.

Thomas erhob sich und folgte mir. »Du hast recht. Diese Faselmäuler können andere mit ihren albernen Gruselstorys erschrecken, aber nicht uns«, knurrte er.

Als wir zurück schlenderten, wartete Jules bereits am vereinbarten Treffpunkt. Thomas und ich gaben vor, wir hätten lediglich ein letztes Foto von Uluru geschossen.

Jules schüttelte den Kopf. »Ihr Jungs hattet doch inzwischen genug Zeit, euch die Finger wund zu knipsen.« Er kletterte in den Wagen und bedeutete uns, ebenfalls einzusteigen. »Apropos Fotos, vor einiger Zeit habe ich von einem Typen gehört, der in Kakadu seine Kamera verloren hat, weil ...«

Thomas grinste mich verschwörerisch an und deutete kaum merklich auf seine Umhängetasche, in der sich, wie ich wusste, der verbotene feuerrote Stein befand.

Die darauffolgende Zeit verging wie im Flug. Als ich am Lufthansa-Schalter des Kingsmith Airport in Sydney stand und mein Gepäck aufgab, konnte ich kaum glauben, dass mein großartiges australisches Abenteuer bereits vorüber war. Obwohl Thomas noch zwei Wochen länger in Australien bleiben würde, hatte er mich zum Flughafen begleitet. Nun klopfte er mir auf die Schulter. »Also dann ... Alles Gute. Wir sehen uns wieder, sobald ich auch in Deutschland bin.« Geräuschvoll putzte er sich die Nase.

Ich schluckte. »Aber klar! Spätestens an Sylvester.«

»Das steht sowieso fest!«

Ja, wenigstens die Freundschaft zu Thomas würde mir erhalten bleiben, tröstete ich mich. In nicht mal acht Monaten würden wir zusammen in Berlin auf seinem Balkon sitzen, während über uns Silvesterraketen ihre farbigen Strahlen entfalteten, eine gute Flasche Sekt köpfen und in Erinnerungen an unsere verrückte Reise durch Australien schwelgen. Denn dass Thomas und ich gemeinsam in das Jahr 1996 hineinfeiern wollten, hatten wir schon längst ausgemacht.

Insgesamt war ich von dem Moment an, da ich in Sydney in den Bus zum Flughafen stieg, bis zu jenem Augenblick, als mein Zug im Hauptbahnhof Mannheim einfuhr, über fünfzig Stunden unterwegs. Zu Hause angekommen, warf ich mich sofort ins Bett und schlief fast zwölf Stunden am Stück. Anschließend duschte ich ausgiebig und rief dann einige Freunde an. Alle betonten, dass sie es kaum erwarten konnten, mich wiederzusehen. Also verabredeten wir uns noch für diesen Abend in unserer Stammkneipe.

Das Wetter präsentierte sich trüb und regnerisch, als ich mich auf den Weg machte. Die Straßenschluchten wirkten bedrückend eng. Die hohen, dichtgedrängten Häuser ohne Gärten erinnerten eher an eine Festungsmauer als an menschliche Behausungen. Ich musste den Kopf in den Nacken legen, um den Himmel zu sehen. Mit einem Mal kam ich mir eingesperrt vor wie ein Tiger im Käfig. Meine Schritte erschienen mir zu raumgreifend, mein Atmen zu wild, meine Blicke zu unbändig für diese Enge. Wie hatte ich es bloß ausgehalten, jahrelang in dieser beklemmenden Bedrängnis zu leben?

Meine Freunde begrüßten mich überschwänglich. Man klopfte mir auf die Schultern, man prostete mir zu und immer wieder wurde ich gefragt: »Na, wie war's denn so in Australien?«

Ich wusste plötzlich nicht mehr, was ich antworten sollte. Wie konnte ich dieses berauschende Abenteuer in wenigen Sätzen zusammenfassen? Ich versuchte dennoch, zumindest ein paar unterhaltsame Anekdoten zum Besten zu geben. Der Erfolg hielt sich in Grenzen. Meine Freunde lachten entweder an den falschen Stellen oder gar nicht. Niemand verstand, was an einer Redback, die sich in Jules' Schlafsack häuslich niederlassen wollte, einem kaputten Surfbrett oder der Begegnung mit einem Dingowelpen, der es auf meine Schuhe abgesehen hatte, so lustig sein sollte. Mir war, als würde meine Stimme als Echo von den Mauern zurückgeworfen, statt sich mit dem Wind über der Ebene zu vermischen und fortgetragen zu werden. Ich vermisste Thomas, mit dem ich meine Gedanken teilen konnte, ohne stets alles umständlich erklären zu müssen. Bei der Vorstellung, dass er vielleicht genau in diesem Moment in Sydney auf der Terrasse unseres Hostels saß und seinen Frühstückskaffee genoss, fühlte ich mich so elend und einsam wie selten zuvor.

Trotzig bestellte ich noch ein Bier. Meine Freunde palaverten über alles Mögliche: ein Rock-gegen-Rechts-Konzert, ein Besuch von den Eltern, eine neue Wohnung, eine Party, die mit einer Anzeige wegen Ruhestörung geendet hatte ... Inga brüllte mir währenddessen ins Ohr, wie sehr ihre neue Kollegin ihr auf die Nerven ging. Allein bei dem Gedanken daran, dass ich übermorgen ebenfalls wieder im Büro sitzen würde, überfiel mich dumpfe Beklommenheit. Um ehrlich zu sein, ich hasste meinen Job im Büro eines Versandhauses für Schmutzfangmatten. Nach dem Abitur hatte ich die Stelle angenommen, weil ich etwas Geld verdienen wollte, um anschließend studieren zu können, ohne von Anfang an unter finanziellem Druck zu stehen. Aber dann war ich irgendwie hängen geblieben. Mal hatte ich den Kündigungstermin verpasst, dann die Einschreibefrist an der Uni, dann wiederum brauchte ich dringend Kohle und dachte, dass es auf ein halbes Jahr mehr oder weniger auch nicht ankommt. Nun bestanden seit vier Jahren meine täglichen Aufgaben darin, Kaffee für die Belegschaft zu kochen, Matrizen in Schreibmaschinen zu spannen und Akten alphabetisch einzusortieren. Meine Arbeitstage plätscherten öde dahin. Und gerade jetzt, da ich während meiner Reise durch Australien eine unermessliche Freiheit und Glückseligkeit gekostet hatte, erschien mir die Vorstellung, mich erneut in eine triste Routine einzufügen, unerträglich.

Neben uns zankten Randy und Norman.

»... wäre eine verdammt große Chance, der Gig. Aber nur weil du Entzugserscheinungen bekommst, sobald du mal ein Wochenende ohne Esther verbringen musst ...«, hörte ich Norman mosern, und Randy knurrte zurück: »Tu mal nicht so, als hättest du uns die Carnegie Hall klargemacht. Eine Chance wäre der Gig, wenn im Publikum mehr als zehn Leute sitzen würden. Aber all der Stress für einen Auftritt in einer Mini-Kneipe, in der immer nur die gleiche Handvoll Suffnasen abhängt, weil da das Bier billig ist. Nee danke, ich verzichte.«

Vor etwa einem Jahr hatten Inga, Randy, Norman und ich eine Grunge-Band gegründet. Nach dem Tod von Kurt Cobain stand für uns fest, dass wir Nirvana in den Charts würdig vertreten mussten. Aber statt unserem Ruhm entgegenzustreben, verbrachten wir unsere Probestunden überwiegend mit Streitereien, die so gleichförmig und ermüdend waren wie ein Vortrag über die Funktion einer Waschmaschine. Jedes Mal, wenn einer von uns freudestrahlend berichtete, dass er einen Gig klargemacht hatte, fiel einem anderen Bandmitglied sofort ein, dass es an diesem Termin keine Zeit hatte. Die ständigen Debatten, ob ein Auftritt auf einem Provinzfestival wichtig genug sei, um dafür eine Familienfeier, ein Klassentreffen oder die Geburtstagsparty der Freundin ausfallen zu lassen, raubten mir den letzten Nerv. Gab gerade kein Auftritt Anlass für Diskussionen, warfen wir einander Dilettantismus und Talentlosigkeit vor. Und Inga und Norman zankten sowieso bei jedem einzelnen Song so hartnäckig um den Solopart, als hinge ihr Leben davon ab. Auch jetzt zischte Inga Norman an: »... lohnt sich ein Konzert eh erst, sobald du die Keyboard-Parts für die neuen Songs richtig draufhast. Bis dahin wären wir die reinste Lachnummer.«

Ich trommelte mit den Fingern auf den Tisch. Himmel, hatte sich denn überhaupt nichts verändert? Während meiner Reise war jeder einzelne Tag eine Offenbarung gewesen – und hier ereiferte man sich über den gleichen unnützen Kleckerkram wie eh und je.

Ich trank mein Glas leer und machte mich auf den Weg nach Hause.

Dort angekommen, wusste ich zunächst nicht, was ich tun sollte. Unruhig stiefelte ich in meinem Zimmer auf und ab. Schließlich begann ich aus purer Langeweile, meinen Rucksack auszupacken: das T-Shirt, welches ich zuletzt in Bondi Beach getragen hatte und das noch immer nach Sonnencreme roch. Der Akubra, den ich mir ganz am Anfang meiner Reise gekauft und dann nie aufgesetzt hatte, weil mir bei den glühend heißen Temperaturen im Outback ein schlichter Strohhut doch angenehmer erschien. Alles weckte Erinnerungen an Erlebnisse, die nun unwiederbringlich vorbei waren. Vor einer Woche noch Alltag, heute schon Vergangenheit. Ich kramte weiter: Muscheln aus Surfers' Paradise. Ein Prospekt für ein Hostel mit dem Namen Jolly Swagman. Schließlich stieß ich zwischen verschwitzten Hemden und zerknitterten Stadtplänen auf den Stein von Uluru. Mann, war das eine Tour gewesen! Gedankenverloren nahm ich den roten Klumpen in die Hand, ließ mich auf mein Bett zurücksinken, schloss die Augen ...

Und dann geschah es: Alle Freude der Welt fuhr plötzlich wie ein Blitz auf mich nieder. Ich fühlte das unendliche, vollkommene Glück. Ich sage dir, Junge, das war das große Rockkonzert im Himmel und ich stand auf der Bühne, ich ritt auf den Pferden des Königs und gewann die Schachpartie des Lebens.

Ja, es war, als habe man das komplette Füllhorn der Seligkeit über meinem Kopf ausgeschüttet. Bisher kannte ich bloß einzelne Momente kurzer Zufriedenheit, aber jetzt durchströmte mich reines, ungetrübtes Entzücken. Der Himmel über mir brach auf, Lichtphantome tanzten und ich driftete in einem Taumel der Begeisterung durch die Paradiesgärten meiner Seele. Gläserne Pyramiden warfen Prismen. Regenbogenbuntes Licht gleißte um mich auf, mein Jauchzen wurde Wirklichkeit. Das war Glück, wilde Euphorie und Ekstase, das war Jubel und ungeheure, nicht zu bändigende Heiterkeit. Ach, es gibt keine Worte, um dieses Gefühl zu beschreiben.

Stunden später kam ich wieder zu mir. Erschöpft taumelte ich ins Badezimmer und klatschte mir einen Schwall kaltes Wasser ins Gesicht. Mein Spiegelbild grinste mir dümmlich-verklärt entgegen.

Noch immer konnte ich kaum fassen, was gerade geschehen war. Ich setzte Kaffee auf und zündete mir eine Zigarette an. Meine Gedanken kreisten. Hatte ich geträumt? Aber für ein Schlaferlebnis erschien mir das herrliche Gefühl viel zu intensiv. Mein Blick fiel auf das rote Felsstück auf meinem Nachttisch. Konnte es diese unbeschreibliche Glückseligkeit in mir ausgelöst haben? Immerhin, während meiner Reise hatte man mir oft genug erzählt, dass Uluru irgendein Geheimnis birgt. Sollte an all den Gerüchten tatsächlich etwas Wahres sein? Unsinn! Ich schüttelte vehement den Kopf. Der Wonnerausch, den ich gerade erlebt hatte, passte keineswegs zu dem Gefasel über irgendwelche bösen Flüche. Allerdings ... hatte ich nicht selbst den merkwürdigen Zauber Ulurus, seine Güte und sein Wohlwollen gespürt? Machte der Monolith mir nun gar ein Geschenk? Wollte er mich für meinen Mut belohnen, all den albernen Warnungen zu trotzen?

Ich grübelte hin und her. Endlich beschloss ich, dass es nur eine einzige Möglichkeit gab, herauszufinden, ob ein Zusammenhang zwischen dem Stein und meinem unerwarteten Freudentaumel bestand: Ich musste das Experiment wiederholen.

Mein Herz klopfte plötzlich hart und schnell. Keinen einzigen Gedanken verschwendete ich daran, wie lächerlich das alles für einen Außenstehenden wirken mochte. Mit einem Zug trank ich meine Tasse leer, ohne mich darum zu kümmern, dass ich mir an dem heißen Kaffee die Zunge verbrannte. Dann legte ich mich auf mein Bett, nahm den Stein von Uluru in die Hand und schloss die Augen.

Und tatsächlich, das Wunder wiederholte sich: Wieder glitt ich in einen eine Welt des vollendeten Glücks. Schillernde Seifenblasen stiegen auf und ich breitete meine imaginären Schwingen aus und schwebte durch fremde Gefilde ...

Als ich atemlos aus dem Taumel der Seligkeit erwachte, war mein erster Gedanke: Das muss ich sofort wieder haben. Wo sonst konnte ich so etwas Herrliches je erleben?

Immerhin, ich war vernünftig genug, vorher noch ein paar andere Sachen zu erledigen. Ich schob eine Ladung schmutzige Socken und Unterhosen in die Waschmaschine und holte mir danach an der Pommesbude gegenüber eine große Portion Fritten mit Ketchup und Mayo, weil ich mich erinnerte, dass ich die letzte Mahlzeit im Flugzeug irgendwo über Arabien zu mir genommen hatte. Während ich mir die fetttriefenden Kartoffelstäbchen in den Mund schob, rief ich die Freunde und Bekannten an, die nicht zu dem Beisammensein in meiner Stammkneipe gekommen waren. Ja, ich sei wohlbehalten zu Hause angekommen, teilte ich ihnen kauend mit, allerdings gäbe es für mich momentan so viel zu erledigen, dass ich weder Zeit für ein längeres Telefonat hätte, noch ein Treffen vereinbaren könne, aber ich würde mich bald wieder melden.

Wie? Klar, natürlich war das purer Unsinn! Wer hat schließlich unmittelbar nach dem Urlaub bereits einen prall gefüllten Terminkalender? Mir war es jedoch gleichgültig, ob meine Ausrede glaubwürdig klang. Ich war viel zu ungeduldig, endlich wieder in der süßen Seligkeit zu schwelgen, die der Stein mir spendete.

Selbstverständlich streckte schon bald der Alltag seine Tentakel nach mir aus: Ich ging zur Arbeit, zu den Bandproben, traf mich hin und wieder mit Freunden ... Doch alles, was mich vor meiner Abreise noch geärgert und bedrückt hatte, erschien mir nun bedeutungslos neben dem Wunder, das mir widerfahren war. Lächelnd nahm ich es hin, dass mein Job nicht besonders abwechslungsreich war, und mit stoischer Gelassenheit ertrug ich die Zwiste im Proberaum. Wie nichtig war das alles neben den Momenten uneingeschränkter Freude, die ich erlebte, sobald ich den Stein von Uluru in die Hand nahm und die Augen schloss. Und glaub mir, ich erfuhr Genüsse, die ich mir zuvor niemals hätte vorstellen können ...

Selbst wenn ich nicht durch den Garten Eden meines Geistes tanzte, das rote Felsstück fest umklammert, dachte ich unentwegt über diesen Zauber nach: Also stimmte es, dass es mit dem Splitter von Uluru eine besondere Bewandtnis hatte. Aber wie bescheuert waren die Gerüchte, so ein Souvenir brächte Unheil! Im Gegenteil, durch den Stein erlebte ich die höchste Seligkeit, die man sich nur vorstellen kann. Wahrscheinlich, so überlegte ich, waren all die Drohungen bloß von Leuten verbreitet worden, die ebenfalls einen Stein von Uluru besaßen. Natürlich wollten sie vermeiden, dass andere es ihnen gleichtaten. Was für ein Chaos würde ausbrechen, wenn dieser Zauber allgemein bekannt wäre! Die gesamte Menschheit würde nach Australien eilen, um ebenfalls ein Stück von Uluru zu ergattern. Mit Grausen stellte ich mir Horden von schwitzenden, geifernden Gestalten vor, die über den arglosen Fels herfielen. Ja, bestimmt wäre der Monolith schon bald komplett abgetragen. Und dann? Würde es zu Kämpfen um die glückversprechenden Steine kommen? Oder gäbe es genügend Splitter für alle? Und wer würde überhaupt noch arbeiten, wenn es doch so herrlich war, einfach nur den Stein zu umfassen und in vollkommener Zufriedenheit vor sich hin zu dämmern? Wer würde Lebensmittel, Kleidung und andere Güter produzieren? Niemand! Die gesamte Menschheit würde in einem wonnevollen Rausch versinken und dabei nach und nach verhungern oder erfrieren. Oh, es war gut, wenn nicht zu viele um dieses wunderbare Geheimnis wussten. Und wie glücklich durfte ich mich schätzen, dass ich zu den wenigen Eingeweihten gehörte!

Meine Theorie begeisterte mich so, dass ich mich zunächst redlich bemühte, es meinen mir unbekannten Schicksalsgefährten und Mitverschwörern gleichzutun. Bei jeder sich bietenden Gelegenheit lenkte ich das Gespräch auf Australien und schilderte ausführlich, wie man mich davor gewarnt hatte, einen Splitter von Uluru zu entwenden. Allmählich hielten meine Freunde mich für verrückter als einen Dingo mit Sonnenstich.

»Es ist kaum zu fassen: Ganze sechs Wochen warst du in Australien – und das einzige, was du uns davon erzählst, ist, dass dich irgendwelche Farmer mit ihren Lieblingsspukgeschichten unterhalten haben«, ätzte Randy.

»Ja, aber dafür bekommen wir diese Story etwa fünf Mal pro Abend zu hören«, fügte Inga kichernd hinzu. »Inzwischen ist sogar ein Boxkampf zwischen zwei Schnecken spannender.«

Allmählich merkte ich, wie überspannt ich mich verhielt. Warum redete ich mir den Mund fusselig, wenn sowieso nicht abzusehen war, dass jemand aus meinem Freundeskreis je nach Australien reisen würde?

Also schwieg ich fortan. Viel hatte ich sowieso nicht mehr zu sagen. All das, worüber die anderen sich ereiferten, war banal im Vergleich zu dem goldenen Glück, in dem ich wieder und wieder badete.

Irgendwann beschloss ich, Thomas von der wundervollen Wirkung des Felsstücks zu berichten. Schließlich besaß er ebenfalls einen Brocken von Uluru. Ja, Thomas sollte wissen, in was für einen überwältigenden Freudenhimmel er durch diesen Talisman aufsteigen konnte. Aber vielleicht war er dem Geheimnis bereits selbst auf die Spur gekommen? Wie wundervoll es wäre, wenn ich mich endlich mit einem Gleichgesinnten austauschen könnte! Und bestimmt wartete Thomas schon sehnlich auf eine Nachricht von mir. Immerhin hatten wir einander geschworen, unsere Freundschaft niemals einschlafen zu lassen.

Aber was soll ich sagen? Ich schaffte es nie, den Brief an Thomas fertigzustellen. Sobald ich ein oder zwei einleitende Sätze geschrieben hatte, überfiel mich stets das unstillbare Verlangen, den Stein in die Hand zu nehmen und in seine Welt abzutauchen. Was ich Thomas berichten wollte, klang so verrückt, dass ich meine Worte sorgfältig wählen musste, damit er nicht dachte, ich erlaube mir bloß einen Scherz. Bestimmt würde es mir viel besser gelingen, das Unglaubliche in Worte zu fassen, wenn die Eindrücke noch frisch waren.

Von Thomas habe ich übrigens auch nie wieder etwas gehört.

Natürlich fragte ich mich manchmal sorgenvoll, wie lange dieser himmlische Zustand wohl andauern mochte: Wie lange konnte der Stein mir noch jenen Taumel der Verzückung spenden, den ich im Übermaß genoss? Würde das ihm innewohnende Glück irgendwann aufgezehrt sein, etwa so, wie das Guthaben auf einer Telefonkarte nach einer bestimmten Anzahl von Telefonaten verbraucht ist? Aus diesem Grund überlegte ich oft, ob es nicht besser wäre, mit den Momenten der Freude zu haushalten. Eine Schachtel Pralinen schlingt man schließlich auch nicht auf einmal hinunter, sondern nascht bloß ab und zu davon. Aber dann spann ich den Gedanken weiter: Vielleicht würde der Zauber auch automatisch nach einem bestimmten Zeitraum erlöschen? Wein wird bekanntlich ebenfalls schal und Schokolade verliert irgendwann ihren Geschmack. Somit wäre es purer Wahnwitz, die süße Freude nicht bis zur Neige auszukosten, solange sie mir gewährt wurde.

Fortan quälten mich neue Sorgen: Wenn ich nicht zu Hause war, befürchtete ich, mein Stein könne bei meiner Rückkehr seine magische Kraft verloren haben. Ich malte mir aus, wie ich das Felsstück in die Hand nahm und entsetzt feststellen musste, dass mir das Elysium verschlossen blieb, und wild brandete die Furcht in mir auf. Die Vorstellung, fortan ohne diese paradiesische Freude dahinzuvegetieren, erschien mir unerträglich. Nein, jetzt sofort musste ich wissen, ob mein geistiges Schlaraffenland mir weiterhin vergönnt war!

Immer wieder ertappte ich mich dabei, wie ich während einem geselligen Kneipenabend, einer Bandprobe oder einem Ausflug mit Freunden abrupt aufsprang und nach Hause stürmte oder sogar auf der Arbeit Unwohlsein vortäuschte, um früher Feierabend zu machen. In meiner Wohnung angekommen, nahm ich mir meist nicht mal die Zeit, Jacke und Schuhe auszuziehen, sondern warf mich sofort auf das Bett und krallte meine Finger um den Stein. Und, oh, die Erleichterung, wenn erneut die süße Seligkeit über mich hinweg rollte, wenn ich durch Mondstrahlpaläste tanzen durfte und das Schiff meines Geistes an güldenen Gestaden ankern ließ, war köstlicher als alles, was du dir vorstellen kannst.

Allmählich ließ ich ließ ich Termine und Verabredungen immer öfter komplett sausen, denn jede einzelne Stunde, die ich nicht mit dem Felsstück in himmlischer Entrückung verbrachte, erschien mir vergeudet. Oh, und wie mich all die kleinen, lästigen Ärgernisse mit einem Mal anwiderten! Du kennst das ja: ein angebranntes Abendessen, ein verregnetes Picknick, eine verpasste Straßenbahn ... Früher hatte so etwas mich nie sonderlich betrübt. Ich war daran gewöhnt, dass unsere Welt nicht das Paradies ist und es somit immer auch bittere Wermutströpfchen im Champagner des Lebens gibt, Disteln auf der Blumenwiese des Daseins. Jetzt hatte ich jedoch mit Hilfe des magischen Steins einen Hort vollkommener Sorglosigkeit gefunden. Wozu sollte ich weiterhin dem flüchtigen, so schwer zu erhaschenden Glück des Alltags hinterherjagen, wenn ich stattdessen in die vollendeten Wonnegärten meiner Träume eintauchen konnte? Ja, ich hatte einen Mühlstein gegen einen Diamanten eingetauscht, hatte für ein Schaf ein geflügeltes Pferd bekommen ...

Es dauerte nicht lange, bis meine Bandkollegen mir mitteilten, mein Desinteresse sei unerträglich, deswegen hätten sie beschlossen, einen neuen Bassisten zu suchen. Es kümmerte mich nicht. Ja, ich muss zugeben, ich empfand die Bandproben sowieso nur noch als Last.

Auch meine übrigen Freundinnen und Freunde zogen sich von mir zurück, nachdem ich jeden von ihnen mehrfach versetzt hatte. Die Anrufe wurden seltener und blieben schließlich ganz aus. In meiner Freizeit verließ ich kaum noch die Wohnung. Gelegentlich traf ich auf dem Weg zur Arbeit oder zum Supermarkt zufällig einen Bekannten und man wechselte verlegen ein paar Worte: Ja, es gehe gut, leider sei man momentan etwas in Eile, aber man werde sich bestimmt demnächst mal wieder melden ...

Wie bitte? Ob ich in meiner Abgeschiedenheit denn nichts vermisste? Ach was! Im Gegenteil, ich war erleichtert, endlich keine Ausreden mehr erfinden zu müssen, um Einladungen abzusagen. Glaub mir, alles, was mir einst Vergnügen bereitet hatte, erschien mir öd und schal im Vergleich zu der strahlenden Ekstase, die ich in dem Stein fand.

Und es kam, wie es kommen musste – irgendwann konnte ich mich auch nicht mehr überwinden, zur Arbeit zu gehen. Statt aufzustehen, griff ich eines Tages bloß nach dem Wonnestein, als der Wecker klingelte. Am nächsten Morgen dachte ich an den Rüffel, der mir bevorstand. Nun musste ich erst recht mit Hilfe des Felssplitters das Reich ungetrübter Freude aufsuchen, ehe ich mich der Strafpredigt stellen konnte. Und nachdem ich aus dem Glücksrausch auftauchte, war es viel zu spät, um zumindest halbwegs pünktlich ins Büro zu kommen. Also beschloss ich, mir jeden weiteren Ärger zu ersparen und zu kündigen.

So verbrachte ich die folgenden Monate in seligem Müßiggang: Meine Wohnung war schon bald völlig zugemüllt, da ich mich nicht mal zum Putzen, Spülen oder Aufräumen überwinden konnte. Stattdessen lag ich ständig auf meinem vor Schmutz starrenden Bett und hielt voll Verzückung den roten Stein in der Hand. Zu meiner Erleichterung behelligte mich meine Sachbearbeiterin auf dem Sozialamt nicht weiter. Hin und wieder musste ich meinen Antrag auf Sozialhilfe erneuern oder zu Beratungsterminen erscheinen, bei denen die ältliche Dame wortreich kundtat, wie bedauerlich es sei, dass ein höflicher junger Mann wie ich keine Arbeit fände, aber wenn ich mich redlich bemühe, würde ich sicherlich bald Erfolg haben. Immerhin schaffte ich es regelmäßig, mich zu waschen, ehe ich das Haus verließ, um mir im Supermarkt oder an der Pommesbude gegenüber etwas zu essen zu holen. Wenn ein Besuch beim Sozialamt anstand, nahm ich sogar ein Vollbad. Solche Gänge waren mir jedoch stets eine Qual. Die Welt draußen erschien mir hektisch, unfreundlich und viel zu laut. Mit gesenktem Kopf huschte ich durch die Straßenschluchten, wich den Blicken der anderen Menschen aus und sehnte mich nach dem idyllischen Paradies meiner Träume. Ansonsten bestand meine einzige Tätigkeit darin, ab und zu zum Klo und anschließend rasch wieder zurück ins Bett zu tappen.

Oh, ich sehe, wie du angewidert das Gesicht verziehst ... Aber es war nicht der Ekel, der mich schließlich bewog, diese Lebensweise aufzugeben. Nein, es war purer Überdruss! Doch, du hast richtig gehört: Mit der Zeit wurde mein immerwährendes Glück mir langweilig.

Was? Du möchtest wissen, wie es zu diesem Sinneswandel kam? Nun, das ist schwer zu erklären.

Es gab keine plötzliche Erkenntnis, vielmehr reifte in mir langsam die Unzufriedenheit. So stand ich beispielsweise eines Tages an der Supermarktkasse hinter einem jungen Paar, das sich voll Begeisterung darüber unterhielt, dass man demnächst das Wohnzimmer renovieren wolle. Unwillkürlich erinnerte ich mich daran, wie ich kurz vor meiner Australienreise ein paar Freunden geholfen hatte, ihre Bude zu streichen. Ich dachte an die zufriedene, wohlige Erschöpfung, die mich damals nach getaner Arbeit erfüllt hatte, als wir gemeinsam auf dem Balkon saßen. Plötzlich überkam mich Wehmut. Ein anderes Mal geriet ich an der Pommesbude in eine Gruppe junger Azubis, die eifrig Pläne für das bevorstehende Wochenende schmiedeten. Mir war, als bohre jemand ein Messer in mein Herz und drehe es langsam herum. Wie herrlich war für mich einst jeder Freitagabend gewesen, wenn ich wusste, dass das wohlverdiente Wochenende vor mir lag! Und dann wiederum traf ich Inga, die mir berichtete, dass meine ehemalige Band demnächst auf einem größeren Festival spielen würde. Verdammt, hatten es diese Streithammel und Taugenichtse von Musikern also tatsächlich geschafft! Bei der Vorstellung, wie stolz sie auf diesen Erfolg sein mussten, wäre ich am liebsten in Tränen ausgebrochen.

Gewiss, früher hatte ich all die Elenden bloß bemitleidet, die sich mühsam einen blassen Abglanz von Glück ertrotzen mussten, wohingegen ich ohne jegliche Anstrengung die vollendete, überirdische Seligkeit genießen konnte. Aber nun ertappte ich mich wieder und wieder dabei, dass ich mir wünschte, ebenfalls wie ein Bergarbeiter im Schweiße meines Angesichts nach Momenten der Freude zu schürfen. Ja, es genügte mir nicht mehr, im verklärten Zerrspiegelkabinett ein Wonneleben zu genießen, das so perfekt und unecht war wie ein Filmkuss. Statt mich in der klebrigen, trügerischen Behaglichkeit des Steins zu suhlen, wollte ich endlich wieder Hindernisse überwinden, Herausforderungen annehmen und dann voll Stolz die Momente der Behaglichkeit zelebrieren. Glaub mir, wir Menschen gehören auf die Erde und nicht ins Schlaraffenland! Nur wenn wir uns dem tosenden Fluss des Lebens entgegenwerfen und machtvoll mit beiden Füßen auf die Erde stampfen, fühlen wir uns wohl.

Ob ich den Splitter von Uluru daraufhin fortgeworfen habe? Ach was. Weshalb sollte ich denn komplett auf mein Elysium verzichten? Andere Leute haben schließlich auch Hobbys, denen sie nach Feierabend frönen, ohne dass sich deswegen ihr gesamtes Sein ausschließlich um diese Leidenschaften dreht. Sie gehen ins Schwimmbad, belegen Tanzkurse, beschäftigen sich mit ihrer Modelleisenbahn oder sammeln Briefmarken. Warum sollte ich nicht genauso in der Lage sein, einem geregelten Leben nachzugehen und mir nur ab und zu ein paar

Stunden im Reich meiner glückbeseelten Träume zu gönnen? Nein, ich wollte lediglich die Zeit, die ich mit dem Felssplitter verbrachte, drastisch reduzieren, das war alles.

Doch nun musste ich zu meinem Schrecken erkennen, dass es mir nicht möglich war, den Venusberg meines Geistes zu verlassen. Ganz egal, ob ich mir vorgenommen hatte, aufzuräumen, den Geschirrberg in meiner Küche abzutragen, die Stellenanzeigen in der Tageszeitung nach einem passenden Job zu durchforsten oder einen Klempner anzurufen, der sich um das kaputte Abflussrohr meiner Spüle kümmern sollte - ich war unfähig, diese einfachen Pläne in die Tat umzusetzen. Sobald ich mich daran begeben wollte, ein Vorhaben zu erledigen, erschien es mir als unüberwindliches Hindernis: Meine Wohnung sah dermaßen verlottert aus, dass ich bestimmt Tage brauchen würde, um sie auf Vordermann zu bringen. Und wie sollte ich dem Klempner erklären, dass das Abflussrohr schon seit Monaten vor sich hin moderte, ohne dass ich mich an dem Geruch gestört hatte? Stellenanzeigen, in denen nach dynamischen, flexiblen Erfolgsmenschen gesucht wurde, deprimierten mich sowieso zutiefst. Ehe ich mich versah, hatte ich den Felssplitter ergriffen, um noch einmal in der Leichtherzigkeit meiner magischen Traumwelt zu versinken.

Wenn ich aus dem Freudentaumel erwachte, schämte ich mich für meine Unfähigkeit, Sachen zu erledigen, die für andere selbstverständlich waren. Also suchte ich erneut Trost und Zuflucht in meinem geistigen Wonnegarten, nun zum allerletzten Mal, wie ich mir selbst stets aufs Neue schwor ...

Kurzum: Jeder Versuch, irgendeine Aufgabe in Angriff zu nehmen, scheiterte. Ja, ich war dem Stein hörig geworden. Du siehst, ich war ein Opfer meines Glücks, ein Gefangener in meinem eigenen Paradies.

Schließlich sah ich es, wenn auch äußerst widerwillig, ein. Der Aberglaube, über den ich einst gelacht hatte, stimmte: Einen Stein von Uluru zu besitzen führt direkt ins Verderben. Noch immer konnte ich mir nicht vorstellen, dass Uluru uns Menschen gegenüber feindselig gesinnt war oder mich gar strafen wollte. Dafür wirkte die ekstatische Begeisterung, die ich durch den Splitter erfuhr, viel zu rein und unverfälscht. Doch Ulurus Magie ist wohl zu mächtig für uns, deswegen können wir sein wohlwollendes Geschenk, die überwältigende Glückseligkeit, nicht annehmen, ohne ihr völlig zu verfallen.

Ich dachte an Murray, der jahrelang durch Australien getingelt war und nie ein Wort über diese Zeit verloren hatte. An unsere Saufkumpane in Darwin, die seltsamerweise nicht wussten, was mit denen geschah, die einen Brocken des Uluru entwendeten. Ja, nun begriff ich, warum keiner der zum Glück Verdammten je preisgab, worin sein Unheil bestand. Wer will schon gestehen, dass er zu willensschwach ist, sich aus der selbstverschuldeten Misere zu befreien?

Es gab bloß eine einzige Chance für mich: Ich musste es Murray gleichtun und den verhängnisvollen Felsbrocken loswerden. Aber wie? Sollte ich den Stein einfach fortwerfen – am besten kurz bevor die Müllabfuhr kam, damit ich nicht in Versuchung geriet, meinen Schatz in blindwütiger Verzweiflung wieder aus der Tonne hervorzukramen? Ich erschrak. Nein, so ein würdeloses Ende für den Quell der Glückseligkeit war undenkbar. Außerdem, hieß es nicht, man müsse den Splitter zu Uluru zurückbringen?

Wer weiß, welcher Fluch mich heimsuchen würde, wenn ich ihn hier in Mannheim entsorgte?

Nach einigem Grübeln beschloss ich, den Splitter an das Fremdenverkehrsbüro in Alice Springs zu schicken, zusammen mit einem Brief, in dem ich meine missliche Lage erklären und darum bitten wollte, den Gesteinsbrocken wieder an seinen Ursprungsort zurückzubringen.

Tagelang saß ich an meinem Schreibtisch, nagte an meinem Füller, kritzelte Worte, leerte ein Bier nach dem anderen und ergriff zwischendurch immer wieder den Stein.

Endlich war es geschafft: Der fertige Brief lag vor mir und mir blieb nichts weiter zu tun, als ihn zum nächsten Briefkasten zu bringen. In diesem Moment zögerte ich. Was, wenn die Leute im Fremdenverkehrsbüro mein Anliegen nicht ernst nehmen und den Stein bloß achtlos in den Mülleimer werfen würden? Immerhin, zu verdenken wäre es ihnen nicht. Die ganze Geschichte klang wahnwitzig genug.

Bitte, was sagst du? Oh, vielen Dank für das Kompliment. Ja, natürlich könnte ich mich jetzt rühmen, klug und umsichtig gehandelt zu haben ... Aber um bei der Wahrheit zu bleiben, muss ich gestehen, das alles war bloß ein Vorwand, eine faule Ausrede. In Wirklichkeit ging es mir lediglich darum, dass ich mich einfach nicht von dem Stein trennen konnte. Ich brachte es nicht über mich, die leicht zu erlangende Wonne aufzugeben.

Also nahm ich mir vor, fortan zu arbeiten, bis ich mir ein Flugticket nach Australien leisten konnte, um Uluru den Splitter persönlich zu überbringen.

Meine Sachbearbeiterin auf dem Sozialamt suchte mir auf meine Bitte hin ein paar Stellenangebote heraus. Erstaunlicherweise hielt sie mich für befähigt, als Speditionskaufmann, Informatiker oder Dolmetscher für Portugiesisch und Spanisch zu arbeiten, obwohl ich diese beiden Sprachen nie gelernt hatte. Meine ersten Bewerbungen verliefen im Sand. Ich merkte bald, dass ich auf eine Anstellung in einem Büro nicht mehr zu hoffen brauchte, nachdem ich mehr als zwei Jahre lang bloß dem Müßiggang gefrönt hatte. Aber in den Fabriken wurden damals stets Leute gebraucht. Also verbrachte ich die folgenden Jahre damit, am Fließband zu stehen und im Akkord halbfertige Seifenstücke in Formen zu pressen.

Was? Weshalb ich nun plötzlich in der Lage war, einer geregelten Tätigkeit nachzugehen? Oh, das ist schwer zu erklären ... Ich glaube, es lag daran, dass dieser Job, so unerträglich er auch war, mir wie eine letzte Gnadenfrist erschien. Immerhin stand inzwischen unzweifelhaft fest, dass ich den Stein nicht auf Dauer behalten konnte. Nein, dass er mich geradewegs ins Verderben führte, ließ sich nicht mehr leugnen. Ich hatte nur noch die Wahl zwischen dem erneuten Versuch, ihn sofort loszuwerden, und meinem Plan, auf eine Reise nach Australien hinzuarbeiten. Und Letzteres erschien mir wesentlich angenehmer – schließlich wusste ich, dass es lange dauern würde, bis ich das Geld für den Flug zusammengespart hatte. In dieser Zeit würde mir der Venusberg meiner Träume erhalten bleiben.

Und natürlich war es nicht so, dass ich plötzlich enthusiastisch arbeitete. Nein, jede einzelne Stunde am Fließband, die ich mir selbst abrang, war eine Schlacht, die ich zitternd und schwitzend führte. Morgen für Morgen kostete es mich unsägliche Überwindung, nicht dem süßen Locken des Steins nachzugeben und mich stattdessen in die Fabrikhalle zu schleppen, wo Maschinen dröhnten und der betäubende Geruch nach Parfüm und Schmieröl die Luft erfüllte. Und du kannst dir nicht vorstellen, was für eine Qual es war, die nächsten neun Stunden durchzustehen, immer in dem Wissen, dass zu Hause der Splitter nur darauf wartete, mir selige Linderung zu verschaffen.

Oft genug versagte meine Willenskraft: Mal verschlief ich und kam zwei Stunden zu spät zur Arbeit, ein anderes Mal ging ich früher, weil ich angeblich unter furchtbaren Magenschmerzen litt, dann wiederum verzog ich mich zwischendurch für zwei Stunden aufs Klo, wo ich sofort wie ein Ertrinkender den Stein umklammerte, und hin und wieder machte ich komplett blau. Da ich sowieso im Akkord arbeitete und nach Stückzahl bezahlt wurde, kümmerte es die Personalchefs nicht. Der Vorarbeiter und meine Kollegen jedoch hassten mich aus tiefster Seele. Für sie war ich ein Faulpelz, ein Drückeberger, der Vergnügen daran fand, seine Arbeit auf andere abzuwälzen. Was wussten sie schon von den Kämpfen, die mich erschütterten, und von der Verzweiflung, die mich umtrieb? Ihre anfänglichen Sticheleien schlugen zunehmend in pure Boshaftigkeit um. Ich bekam die unangenehmsten Tätigkeiten aufgebürdet und fand mich scheinbar zufällig immer an den Maschinen wieder, die am schwersten zu bedienen waren. Ging mal irgendetwas schief, schob man mir die Schuld zu. Ich ertrug alles mit stoischer Gelassenheit. Meine Hände wurden ebenso hart und schwielig wie mein Gemüt. Ab und zu kamen neue Kollegen, die erschüttert waren, mit welcher Vehemenz alle auf mir herumhackten. Man nahm mich beiseite und beschwor mich, beim Betriebsrat Beschwerde einzulegen. Ich schüttelte bloß schweigend den Kopf. Hilfsbereitschaft war mir noch lästiger als Hass. Ich wollte keine kräftezehrenden, zermürbenden Auseinandersetzungen und keine zeitraubenden Versöhnungen. Ich hatte genügend andere Sorgen.

Und natürlich nahmen die engagierten Neuankömmlinge es mir stets übel, dass ich ihre Ratschläge ebenso ausschlug wie ihre Einladungen zu Kegelabenden, Kneipentouren oder der Kirmes im Nachbarort. Es dauerte nie lange, bis sie mich genauso verachteten wie ihre langjährigen Kollegen. Man bemerkte nur meinen Makel, nicht meine Not. So sind die Menschen: Alle sehen es, wenn man betrunken ist, aber wenn man Durst hat, sieht es niemand. Darum ... Oh, woher wusstest du, was ich sagen will? Vielen Dank für das Bier.

Ja, und dann war es endlich so weit: Ich prüfte meinen Kontostand, verglich ihn mit den Preisen in den Broschüren von

Qantas, die ich mir regelmäßig zuschicken ließ, und stellte fest, dass mein Geld für ein Ticket nach Australien reichte. Mein Herz hämmerte plötzlich wild, ich weiß nicht, ob aus Freude oder aus Furcht.

Gleich am nächsten Morgen reichte ich die Kündigung ein und feierte dann meinen Triumph ausgiebig, indem ich mich drei Tage lang im Bett wälzte, den magischen Stein in der Hand.

Anschließend rechnete ich noch einmal nach und erkannte ernüchtert, dass ich mir zwar durchaus den Flug leisten konnte, dann aber komplett pleite wäre. Und wovon sollte ich in Australien leben? Ich zögerte, dann schob sich ein breites Lächeln auf mein Gesicht. Egal, piss der Hund drauf! Ich würde meine Wohnung aufgeben und meine Möbel verkaufen, fertig! Dann hätte ich genug Kohle, um die ersten Wochen zu überbrücken. Und anschließend ... Ach, irgendein Farmer konnte bestimmt einen billigen Erntehelfer gebrauchen. Jobs gab es in Australien zur Genüge. Schon sah ich mich, wie ich nach Feierabend am Strand saß, einen Cocktail schlürfte und auf einer Gitarre herumklimperte ... Dolce Vita, ich komme!

Es regnete, als ich den Kingsmith Airport in Sydney verließ. Die Luft schmeckte nach Abgasen und der Asphalt glänzte ölig. Menschen mit Koffern und Reisetaschen drängten sich ungeduldig an mir vorbei, während ich mich zur Haltestelle des Airport Busses schleppte. Stromkabel unterteilten den Himmel in kleine Parzellen.

Im Airport Bus zum Stadtzentrum saßen außer mir nur einige junge Backpacker, die alle paar Minuten in frenetischen Jubel ausbrachen, »Welcome to Australia« johlten und einender fotografierten, wie sie sich auf den schmierigen Sitzen lümmelten. Zu behaupten, dass diese Begeisterungsorgie mir gehörig auf die Nerven ging, wäre die Untertreibung des Jahrhunderts. Ich war gereizt wie ein Stier beim Fiebermessen.

Da es schon damals verboten war, Naturprodukte nach Australien einzuführen, hatte ich es nicht gewagt, den Splitter von Uluru im Handgepäck mitzunehmen und ihn stattdessen tief unten in meinem Koffer zwischen Unterhosen und Wollsocken verstaut. Ich wollte nicht riskieren, dass irgendein Zöllner den Gesteinsbrocken beschlagnahmte. Nun hatte ich den ganzen zweiundzwanzigstündigen Flug über neben einem jungen Paar aus Neuseeland gesessen, das gerade von einer Weltreise zurückkam. Die beiden waren einfach unerträglich. Wenn sie nicht aufdringlich aneinander herumfummelten, stritten sie darüber, wer von ihnen die Schnapsidee gehabt hatte, ausgerechnet nach Venedig zu fahren, statt eine Woche länger in Korfu zu bleiben. Anschließend versöhnten sie sich wieder und das Geknutsche und Getatsche begann aufs Neue. Oh, wie hatte mich die ganze Zeit über nach dem magischen Stein und den trostbringenden Träumen gesehnt, die mich aus den Widerwärtigkeiten der Welt forttragen konnten! Ich fand deshalb, es war eine sehr weise, vorausschauende Entscheidung gewesen, meine Weiterreise nach Alice Springs erst für die darauffolgende Woche zu buchen, um mich zunächst von den Strapazen des langen Flugs zu erholen.

Ich checkte in irgendeinem billigen Hostel in der Nähe des Hauptbahnhofs ein, einer heruntergekommenen Bruchbude mit überquellenden Aschenbechern im Flur und einem Gemeinschaftsraum, der stank, als hätte darin soeben die Jahreshauptversammlung australischer Schweinezüchter stattgefunden. Mein Versuch, mir rasch einen Instantkaffee aufzubrühen, wurde im Keim erstickt: Als ich den Berg von verschimmelten Essensresten in der Spüle sah, musste ich mich abwenden, sonst hätten die Kartoffeln aus der Flugzeugmahlzeit sich augenblicklich zurückgemeldet. Also gönnte ich mir das belebende Heißgetränk in der hauseigenen Kneipe, die sich Erdgeschoss direkt unter den Schlafräumen befand. Obwohl es erst zehn Uhr morgens war, lungerten am Tresen bereits heruntergekommene Gestalten herum, tranken Whisky und starrten der glupschäugigen Kellnerin in den Ausschnitt. Offenbar wagten sich andere Backpacker bloß selten hierher, aber das war mir nur recht, denn so hatte ich zumindest einen ganzen Schlafsaal für mich allein. Den ersten Tag verbrachte ich ausschließlich damit, mich dem Stein und den paradiesischen Träumen hinzugeben, ungeachtet des Lärms, der aus der Kneipe emporschallte.

Am nächsten Vormittag konnte ich mich jedoch, gestählt durch die Arbeit in der Fabrik, tatsächlich zu einem Bummel durch Sydney aufraffen. Es war sehr ernüchternd: Wie eh und je drängten sich am Circular Quai die Touristen, um einen Blick auf die Harbour Bridge und das Opera House zu werfen. Aus einer Imbissbude, in der eine einfache Pasty ein halbes Vermögen kostete, dröhnte »Waltzing Matilda«. Ich dachte daran, wie ich vor vielen Jahren mit Thomas hier gestanden hatte und wäre am liebsten in Tränen ausgebrochen. Meine Güte, hatte sich hier denn überhaupt nichts verändert in all den Jahren? Hatte die Zeit nur in mein Gesicht ihre Furchen gegraben? War nur mein Leben vernarbt und verbeult? Würde Sydney, die anämische Schönheit im Glitzergewand, für immer stolz und erhaben dastehen und ihre Perlen, ihr funkelndes Diadem der Nacht, präsentieren?

Die ganze Angelegenheit war mir viel zu frustrierend. Ich brach meinen geplanten Stadtrundgang ab, schlurfte in den nächsten Bottle Shop, kaufte zwei Sixpacks, Zigaretten, Toastbrot und ein Glas Erdnussbutter und kehrte ins Hostel zurück. Die nächsten Tage bis zu meinem Abflug nach Alice Springs verbrachte ich ausschließlich damit, den Splitter von Uluru in der Hand zu halten und in seiner ewig freudvollen Welt des euphorischen Sinnestaumels zu versinken.

Endlich in Alice Springs angekommen, fühlte ich mich schon viel besser. Wenigstens sah es hier nicht so aus, als sei die Zeit stehen geblieben. Alice, dieses letzte Bollwerk der Zivilisation, die einsame, glutäugige Diva, die ungeliebte Zirkusartistin mit ihrem Parfum aus Diesel und Staub, hatte sich im Lauf der vergangenen Jahre von einer Ansammlung schäbiger Hütten in eine richtige Kleinstadt verwandelt. Nun behauptete sie mit ihren Einkaufsstraßen, Kunstgalerien, Eisdielen und Bankfilialen weiterhin so hartnäckig ihren angestammten Platz mitten im Outback wie ein Zecher seinen Sitz an der Bar.

Fast jedes dritte oder vierte Haus im Zentrum hatte sich in ein Reisebüro oder ein Hostel verwandelt. Überall warben schreiend bunte Plakate für Touren zu Uluru. Ich ließ mir Flyer und Prospekte aushändigen, wühlte mich eine halbe Stunde lang durch diverse Angebote und stellte fest, dass der ganze Quatsch mich nicht im Geringsten interessierte. Nein, verdammt, ich legte keinen Wert darauf, in Yulara, jener künstlichen Stadt, die man in der Nähe von Uluru hochgezogen hatte, luxuriös untergebracht zu sein, und ebenso wenig wollte ich mir bei einer komplett durchorganisierten Tour Wissensbrocken eines selbstherrlichen Reiseleiters zum Fraß vorwerfen lassen. Dieser ganze verschissene Kram war für mich so überflüssig wie ein Sandkasten in der Sahara. Also knallte ich sämtliche Hochglanzbroschüren in den nächsten Mülleimer und buchte lediglich ein Busticket und zwei Übernachtungen auf irgendeinem Campingplatz. Von dort aus würde es einen regelmäßigen Shuttleservice zu Uluru geben. Das genügte mir.

Die Fahrt durch das gewaltige, unbesiedelte Land unternahmen wir in einem vollklimatisierten Bus. Draußen glühte die Erde tiefrot. Bei meinen Mitreisenden handelte es sich durchweg um notorisch fröhliche Backpacker Anfang zwanzig. Es dauerte nicht mal eine halbe Stunde, bis alle miteinander Freundschaft geschlossen hatten. Offenbar war vor Kurzem irgendeine dämliche Komödie im Kino angelaufen, die sie alle gesehen hatten und ausnahmslos zum Brüllen komisch fanden. Nun faselten sie über die humoristischen Highlights des Films, kreischten vor Lachen und versicherten einander immer wieder, wie einmalig lustig unsere Tour zu Uluru doch sei. Unruhig rutschte ich auf meinem Sitz herum. Ich war nervös wie ein Teufel, dem die Kohlen ausgehen. Hinter meiner Stirn dröhnte es, als ob die sieben Posaunen der Apokalypse geblasen wurden. Meine Gedanken kreisten. Der misslungene Start in Sydney steckte mir noch immer in den Knochen. Nicht mal zu einem einfachen Stadtrundgang war ich fähig gewesen! Wieder einmal verabscheute ich mich dafür, dass ich so willensschwach war und nicht mal über ein Minimum an Entschlossenheit und Selbstdisziplin verfügte. Wie sollte ich jemals fähig sein, einen normalen Alltag mit all seinen Sorgen zu ertragen, ohne mich zwischendurch in meine freudenreichen Träume zurückzuziehen? Schließlich war ich schon so lange daran gewöhnt, mir mit Hilfe des wunderbaren Felssplitters immer nur die Rosinen aus dem Brötchen des Lebens zu picken ...

Das Gelächter und Gejohle meiner Reisegefährten bildete den Soundtrack zu meiner Orgie aus Scham und Selbsthass.

Unterbrochen wurde dieses Affentheater stets, wenn unser Busfahrer, ein hässlicher Glatzkopf mit einem verquollenen Raupengesicht, die Meute unterhalten wollte, indem er irgendwelche Informationen oder Anekdötchen in sein Mikrofon brabbelte. Und natürlich gab es immer irgendwen, der daraufhin neunmalkluge Fragen stellte. Klar, jeder wollte beweisen, dass er seinen »Lonely Planet« nicht nur gelesen, sondern regelrecht auswendig gelernt hatte. Zwischendurch tauschten meine Mitreisenden vermeintliche Geheimtipps aus: billige Hostels, coole Kneipen, tolle Strände, abgefahrene Surflehrer ... Das Gefasel ging mir unsäglich auf den Zeiger. Meine Güte, merkten diese Feierabendclowns denn nicht, dass sie lächerlicher waren als eine Horde besoffener Kängurus? Am liebsten hätte ich jedem von ihnen ein Pflaster auf den Mund geklebt, um diesen verquirlten Schwachsinn nicht mehr hören zu müssen. Jeder von ihnen hielt sich für so einzigartig und welterfahren, doch im Grunde genommen war alles austauschbar: die Orte, die sie besuchten, die Hostels, in denen sie wohnten, die Dinge, die sie unterwegs erlebten ... denn nichts hatte sie je wirklich berührt und aus ihrer selbstverständlichen Zufriedenheit aufgerüttelt.

Schließlich erreichten wir Uluru. Imposant wie eh und je bäumte der Koloss sich über der Ebene auf. Unwillkürlich krallte ich meine Fingernägel in die Handflächen. Mein Herz raste. Sollte nun also mein Elend beendet sein? Würde ich endlich nicht mehr inmitten einer heißen Quelle verdursten müssen? Konnte ich bald meinen Frieden finden, statt ewig vom Glück heimgesucht zu sein?

Unser Busfahrer brachte uns zu einem Aussichtspunkt, an dem bereits eine Horde Schaulustiger wartete. Trotz der unzähligen Menschen, die sich inzwischen um Uluru tummelten, hatte sich seine Ausstrahlung von unbezwingbarer Macht, verstörender Fremdheit und einem rätselhaften, nicht zu erklärenden Wohlwollen nicht im Geringsten geändert. Wieder beobachtete ich, wie die Sonne sich senkte und Uluru, der verrückte rote Diamant, im Tanz der Farben erglühte. Ein Schauer rieselte meinen Rücken hinab.

Verdammt, ich erinnerte mich noch so deutlich daran, wie Thomas und ich in Jules' klapprigem Lieferwagen hier angekommen waren und Uluru bestaunt hatten, als sei es gestern gewesen. Was wäre wohl aus mir geworden, wenn ich damals nicht den verhängnisvollen Fehler begangen hätte, ein Felsstück mitzunehmen? Ich schloss die Augen und tausend Bilder gleichzeitig brachen über mich herein, Szenen aus Paralleluniversen, in denen ich nicht aus purem Trotz und Übermut einen Gesteinsbrocken eingesteckt hatte. Ich sah mich selbst als eifrigen Studenten in einem Hörsaal, sah mich im Büro eines Plattenlabels sitzen und Verträge aushandeln, sah mich als Drummer auf der Bühne, während das Publikum mir zujubelte, sah mich im Kreis lieber Freundinnen und Freunde meine Erfolge feiern ...

Mir wurde schwindelig und ich musste mich an einer Infotafel abstützen, sonst hätten meine Beine unter mir nachgegeben. Die Vorstellung, dass es mir vielleicht schon bald endlich gelingen würde, einige dieser Wünsche mit meinem Leben zu verweben, überwältigte mich. Oh, um wie viel herrlicher würde das wahre Alltagsglück sein als jene klebrige, verderbliche Süße, die dem Stein innewohnte!

Ein Ellenbogen wurde in meine Seite gerammt und riss mich in die Gegenwart zurück. Ein ziegenbärtiger Jüngling stammelte in gebrochenem Englisch mit schwäbischem Akzent wortreich eine Entschuldigung. Um mich herum ging es hoch her. Das ehrfurchtsvolle Staunen war in frenetische Begeisterung umgeschlagen. Fotos wurden geschossen, Handynummern und Reiserouten ausgetauscht und Verabredungen getroffen, um sich demnächst in Alice Springs wiederzusehen. Und klar, so ziemlich jeder hatte Sekt dabei, eine bebrillte Blondine drückte auch mir einen Pappbecher in die Hand und wir prosteten einander zu. Ich bebte noch immer am ganzen Körper. Dennoch bemühte ich mich nach Kräften, ein unverfängliches Gespräch mit der Sektspenderin und ihrer Freundin zu führen, einem dünnen Mädchen mit Nasenring und mindestens zehn Armreifen, die ständig aufmerksamkeitsheischend klirrten, sobald sie sich bewegte. Ja, ich sei vor mehreren Jahren schon mal in Australien gewesen, schwadronierte ich, meinen Becher wie eine Trophäe umklammernd, und diese Reise habe mich so begeistert, dass die Sehnsucht nach dem fünften Kontinent sich tief in mein Herz gebrannt hatte. Ich schnorrte mehr Sekt und redete weiter, gewiss, das Schicksal habe es seitdem nicht immer gut mit mir gemeint und mich nicht gerade auf die Sonnenseite des Daseins geleitet, aber die Hoffnung, irgendwann wieder nach Down Under zu kommen, habe mir stets aufs Neue Mut gegeben, allen Schwierigkeiten zu trotzen. Nun sei es mir endlich gelungen, meinen lang gehegten Traum zu verwirklichen.

Anscheinend war es genau das, was die beiden hören wollten, denn sie nickten, füllten meinen Becher erneut und fragten, ob sie ein Foto von mir machen durften.

Übrigens, apropos Becher auffüllen ... Richtig, genau das wollte ich sagen! Danke für das Bier.

Nun, wo war ich stehen geblieben? - Plötzlich ertönte hinter mir eine Stimme: »Wusstet ihr, dass es angeblich Unglück bringt, einen Splitter von Uluru mitzunehmen?«

Ich wirbelte herum, als hätte mich eine Redback gebissen.

Ein Mädchen mit einem breiten Strohhut wedelte mit ihrem Reiseführer und verkündete: »Hier steht sogar Artikel darüber. Es gibt massenhaft Berichte von Touristen, die als Souvenir einen Splitter von Uluru eingesteckt haben und anschließend von einem entsetzlichen Schicksalsschlag nach dem anderen heimgesucht wurden – fast so, als ob Uluru sich für diese Respektlosigkeit rächen wollte. Seltsam, nicht wahr?«

Meine Hände zitterten jetzt so, dass ich kaum den Pappbecher halten konnte. Bildete ich es mir nur ein oder starrten mich tatsächlich einige Leute argwöhnisch an? Meine Wangen brannten und auf meiner Stirn breitete sich ein schweißiger Film aus. Ich schluckte, räusperte mich, doch noch ehe ich ein Wort sagen konnte, mischte sich meine Sektspenderin ein: »Das ist doch alles Unsinn! Ihr glaubt doch nicht ernsthaft an solche Hokuspokusgeschichten, oder?« Spöttisch verzog sie die Mundwinkel.

Gleichzeitig rief der schwäbische Ziegenbart: »Solche Storys habe ich auch schon gehört! Als ich in Byron Bay meinem Surflehrer gesagt habe, dass ich zu Uluru reise, hat er mich extra gewarnt, ich solle bloß nicht auf den Gedanken kommen, ein Felsstück mitzunehmen. Er kennt nämlich einen Kioskbesitzer, der ...«

Das Mädchen mit dem Strohhut blätterte in ihrem Reiseführer und fuhr fort: »Ja, merkwürdig ist das auf jeden Fall – vor allem, weil es keine vergleichbare Sage bei den Aborigines gibt. Anscheinend ist dieser Aberglaube erst unter Weißen aufgekommen. Aber warum sollten ausgerechnet die Weißen, für die Uluru gar keine spirituelle Bedeutung hat, so etwas erzählen?«

»Weil es wahr ist«, brach es aus mir hervor. Meine Kehle fühlte sich rau an, ich musste husten. »Glaubt mir, ich weiß, wovon ich spreche. Auf Uluru liegt ein mächtiger Zauber. Spürt ihr es denn nicht? Gewiss, er ist kein boshafter Dämon, der Flüche schleudert, wie all die Farmer und Swagmen einst behaupteten, aber er ...«

Meine Stimme erstarb. Die Umstehenden warfen einander vielsagende Blicke zu, einige grinsten unverhohlen. Die blonde Sektspenderin flüsterte ihrer Freundin etwas ins Ohr. Mit einem Mal kam ich mir vor wie ein misslungener Cupcake in einem Fünf-Sterne-Restaurant. Klar, was war ich für diese Leute schon: ein Irrer, ein kauziger Freak, eine weitere Kuriosität während einer ereignisreichen Reise. Konnte ich es ihnen verübeln, dass sie mir nicht glaubten? Wahrscheinlich würden sie nachher in ihren Hostels und auf ihren Campingplätzen genauso über mich reden und lachen, wie Thomas und ich einst über Jules und unsere Saufkumpane in Darwin gelacht hatten.

Am nächsten Tag besuchte ich also endlich Uluru. Was währenddessen geschah, ist rasch erzählt: Nichts!

Ja, wirklich! Nun schau doch nicht wie ein Schaf beim Gewitter. Was hattest du erwartet? Dass es zu einem spektakulären Finale kommt, bei dem ich als reumütiger Sünder vor Uluru niederknie und mich für meine Vermessenheit entschuldige? Dass Uluru mir daraufhin funkensprühend die Absolution erteilt? Eine kitschige Vorstellung à la Hollywood mit Donnersalven, Blitzen und Tränen der Erleichterung? Ach was, solche Taschenspielertricks hat die Wirklichkeit nicht nötig. Sie kennt subtilere Methoden, uns zu unterwerfen und zur Demut zu zwingen.

Denn, so aberwitzig es auch klingen mag, ich war einfach nicht in der Lage, den verhängnisvollen Stein fortzugeben. Stunde um Stunde schlich ich um Uluru herum, umklammerte gierig meinen Schatz und fand beständig neue Ausreden, warum ich unbedingt noch ein allerletztes Mal jenes Wunschleben, das er barg, aufsuchen musste. – Und wie schämte ich mich, als ich schließlich wieder im Bus gen Alice Springs saß, noch immer mit dem leidigen Gesteinsbrocken in der Tasche.

Einige meiner Mitreisenden kannte ich bereits von der Hinfahrt. Meine blonde Sektspenderin und ihre bearmreifte Freundin saßen in der ersten Reihe. Zumindest blieben mir diesmal die ausufernden Verbrüderungsszenarien erspart, denn statt in heiteren Traveller-Anekdoten und der gemeinsamen Begeisterung für irgendwelche drittklassigen Kinofilme zu schwelgen, zankte man darüber, ob es moralisch vertretbar sei, den Aufstieg auf Uluru zu unternehmen. Eine Gruppe von vier oder fünf Leuten hatte diese Debatte offenbar bereits am vorigen Abend begonnen und nun nutzen sie die Fahrt, um das Streitgespräch in voller Lautstärke fortzusetzen. Selbstverständlich fühlte sich daraufhin jeder bemüßigt, ebenfalls seine Meinung zu diesem Thema kundzutun. Lediglich die Blondine und ihre Freundin ließen sich nicht von dem allgemeinen Gezeter anstecken und kicherten stattdessen ununterbrochen wie zwei geisteskranke Hyänen vor sich hin.

Ich war erleichtert, als wir in Alice Springs ankamen und diese Tortour ein Ende hatte.

Während ich meinen Rucksack aus dem Gepäckfach des Busses zerrte, hörte ich, wie neben mir die Blondine der Armreifträgerin zuflüsterte: »... eingebildeter alter Faselhans. Braucht gar nicht zu glauben, dass er uns mit seinen Schwindelgeschichten über Uluru als geizigen Steinehüter jetzt noch beeindrucken kann.«

Dabei klopfte sie auf ihre Gesäßtasche, die eine verräterische Wölbung aufwies.

Wie es dann weiterging? Nun, nach meiner Rückkehr nach Alice Springs hing ich zunächst völlig in der Luft. Die Enttäuschung über mein eigenes Versagen lähmte mich. Den ganzen Tag saß ich tatenlos hier im Desert Miracle oder bei gutem Wetter manchmal auch auf dem Anzac Hill herum, unfähig zu entscheiden, wie es für mich weitergehen sollte. Und wenn die Traurigkeit, die Angst vor der ungewissen Zukunft und die Wut auf mich selbst nicht mehr zu ertragen waren, griff ich nach dem Splitter von Uluru und ließ mich im Refugium meiner Träume trösten.

Allmählich ging mein Geld zur Neige. Trotzdem konnte ich mich nicht aufraffen, wie geplant weiterzuziehen und mir irgendwo einen Job zu suchen. Immerhin war ich hier wenigstens in der Nähe von Uluru, der mein Retter und Erlöser sein konnte ...

Nach und nach versetzte ich fast meine gesamten Besitztümer im Pfandleihhaus, erst den Fotoapparat, dann den überwiegenden Teil meiner Klamotten. Es war mir gleichgültig.

Eines Tages, als ich wie üblich hier in der Gemeinschaftsküche herumlungerte, bekam ich mit, wie Lee und Donna, das Besitzerpaar des Desert Miracle, darüber diskutierte, ob sie am Wochenende zur Hochzeit ihrer Tochter nach Adelaide fahren konnten. Offenbar hatten sie diese Tour schon seit Monaten geplant. Eine Freundin von Donna sollte sich solange darum kümmern, dass der Betrieb im Desert Miracle weiterlief. Nun war diese jedoch plötzlich krank geworden. Lee und Donna überlegten hin und her, ob es möglich sei, die Gäste in andere Hostels auszuquartieren. Spontan bot ich an, dass ich übers Wochenende nach dem Rechten sehen könne. Für mich machte es schließlich keinen Unterschied, ob ich in der Gemeinschaftsküche oder an der Rezeption hockte und meinen trübsinnigen Gedanken nachhing. Erstaunlicherweise waren Lee und Donna einverstanden.

Abgesehen davon, dass selbst nachts mindestens alle zwei Stunden das Telefon klingelte, weil Donna wissen wollte, ob alles okay sei, verlief das Wochenende unspektakulär: Ein paar Backpacker checkten ein oder aus, ab und zu wollte jemand wissen, wie die Waschmaschine funktionierte, und ein flaumbärtiges Greenhorn ließ sich von mir erklären, wie man Spaghetti mit Tomatensoße kocht. Abends heulte sich eine

Französin bei mir aus, die überzeugt war, dass ihr zu Hause gebliebener Freund fremdging. Als Dankeschön für meine Geduld schenkte sie mir ein breites Lederarmband. Um mir die Zeit zu vertreiben, reparierte ich außerdem den Deckenventilator und den Toaster.

Als Lee und Donna zurückkamen, schwärmten alle in den höchsten Tönen von mir, dem urigen, aber herzlichen Swagman, der angeblich perfekt das wilde Australien verkörperte. Lee fand das ausgesprochen witzig und erzählte allen, ich sei sein Bruder. Meinen wahren Namen, Karl Tannhaus, verballhornte er zu einem charmanten »Charly Tanny«.

Von da an ergab es sich immer wieder, dass Lee und Donna mich um kleine Gefälligkeiten baten: Mal half ich, einen Schlafsaal zu renovieren, dann spielte ich Übersetzer, als ein deutscher Gast Hilfe beim Mieten eines Campervans brauchte, ein anderes Mal sprang ich an der Rezeption ein, weil Lee und Donna kurzfristig beschlossen hatten, eine Auktion in Catherine zu besuchen. Meist gab es hinterher ein kleines Trinkgeld, von dem ich einige Tage leben konnte. Und irgendwann schlug Lee mir vor, für freie Unterkunft und ein Taschengeld fest als Aushilfe bei ihm zu arbeiten.

Wie? Ja, kann sein, dass er mitbekommen hatte, wie schlecht es um meine Finanzen stand. Nichtsdestotrotz war es auch für ihn und Donna ein guter Deal: Freie Betten gibt es schließlich immer im Desert Miracle. Und mir wöchentlich ein paar Dollar in die Hand zu drücken war mit Sicherheit unkomplizierter, als bei jeder Kleinigkeit aufs Neue einen Helfer zu suchen.

Mein Rückflugtermin rückte näher und verstrich. Ich blieb. – Was? Eine Arbeitserlaubnis oder Aufenthaltsgenehmigung? Ich weiß, so etwas bekommt man nicht so leicht in Australien, dem Land, das in seiner Nationalhymne großspurig damit wirbt, die Felder freigiebig mit Einwanderern aus Übersee zu teilen. Deswegen will ich lieber nicht sagen, woher ich meine Papiere habe ... Für mich zählte sowieso nur, dass ich weiterhin in der Nähe von Uluru bleiben konnte.

Mein Alltag plätscherte fortan gleichförmig dahin zwischen Bettenmachen, Unkrautjäten, kleinen Reparaturen und Plaudereien mit den Hotelgästen. Im Grunde genommen führte ich genau das Leben, das ich angestrebt hatte: Ich frönte nicht mehr ausschließlich dem Müßiggang, sondern schaffte es, einer Tätigkeit nachzugehen. Meist arbeitete ich drei oder vier Stunden am Tag, manchmal mehr, dafür gab es aber oft auch eine ganze Woche lang überhaupt nichts für mich zu tun. Auf diese Weise hatte ich immer genug Zeit, um mich dem Stein und seinen Schlaraffenträumen hinzugeben.

Klar, ich schwelgte nicht in Luxus. Statt einem eigenen Zimmer besaß ich ein Bett in einem Acht-Personen-Schlafsaal, und selbst wenn ich mir mein Gehalt gut einteilte, reichte es gerade aus, um mir sonntagabends einen Drink im »Thirsty 'roo« zu gönnen.

Doch das war es nicht, was mich störte ... Nein, an mir nagte eine wilde, unstillbare Lebensgier. Ich dachte daran, wie ich mir bei Uluru ausgemalt hatte, mich dem Leben entgegenzuwerfen, sobald ich mich endlich des unseligen Steins entledigt hatte: wieder Musik machen, in einer Band spielen, Freunde finden, vielleicht sogar studieren! Zum Greifen nah war mir das alles erschienen. Ja, ich wollte endlich das erleben, was der Fluch mir jahrelang verwehrt hatte. Doch stattdessen saß ich in einer trostlosen Gegend fest und führte ein Leben, das so aufregend war wie die Gebrauchsanleitung für einen Käsehobel. Hatte ich dafür all die Mühen auf mich genommen? Und sollte es ewig so weitergehen? Würde die pralle Wundertüte der Welt für immer unerreichbar für mich sein? Nein!

Also sparte ich eisern, versagte mir sogar meinen wöchentlichen Whisky im »Thirsty 'roo« und buchte nicht mal ein Jahr später einen Flug nach Yulara. Ja, genau, einen Flug. Da ich fast fünfzehn Monate im Voraus buchte, war er spottbillig. Diesmal wollte ich dem ganzen Rummel entgehen. Ich war inzwischen überzeugt, dass es wohl die elende Busfahrt gewesen sein musste, die mich so irritiert hatte, dass ich anschließend nicht in der Lage war, mich von dem Stein zu trennen. Wenn ich ganz unspektakulär zu Uluru flog, ohne mir vorher in Endlosschleife anhören zu müssen, wie mächtig und eindrucksvoll der Monolith ist, während eine Meute vergnügungssüchtiger Backpacker auf meinen Nerven herumtrampelte, würde es mir bestimmt gelingen, die nötige Willenskraft aufzubringen und meinen Entschluss in die Tat umzusetzen.

Die letzten zwei Monate vor dem Abflug verbrachte ich ausnahmslos mit Nichtstun. Ja, du hast richtig gehört! Plötzlich überwältigte mich der unbezwingbare Drang, den Stein zu berühren, wieder und wieder. Ich wusste ja, dass ich schon bald dieses Paradies aufgeben musste. Nun wollte ich ein letztes Mal noch die Fülle der vollendeten Freude genießen, maßlos und ohne Reue. Ja, ich wollte die mir verbleibende Zeit ausnutzen und zum Abschied komplett eintauchen in die lodernde, wonnetrunkene Raserei und die überirdische Euphorie. Jede einzelne Stunde, die ich nicht damit verbrachte, mich dem herrlichen Zauber hinzugeben, erschien mir verschwendet.

Selbst zu meinem Job im Desert Miracle war ich nicht mehr in der Lage. Lee tobte und fluchte, wenn ich es wieder mal versäumte, Gäste am Bahnhof abzuholen oder die Klos zu putzen. Dann beschloss er, mein Gehalt zu streichen, bis ich mich »von einem stinkenden Gossenschwein in einen normalen Menschen zurückverwandelt hatte«, wie er es ausdrückte. Seine Worte gingen mir am Arsch vorbei. Wovon ich fortan gelebt habe? Um ehrlich zu sein, ich weiß es nicht. Ich war damals so fertig, dass ich mich sogar in einer Telefonzelle verirrt hätte. Meine letzte klare Erinnerung ist, dass Donna schrie, sie habe die Schnauze gestrichen voll von mir und wenn ich es bis zum Monatsende nicht schaffte, mich zusammenzureißen, würde mich samt meinem Gepäck und meinen gefälschten Papieren vor die Tür setzen. Ich zuckte bloß mit den Schultern. Am zwanzigsten ging mein Flug nach Yulara. Daran, was danach käme, wollte ich nicht denken.

Ja, mir graute davor, dass sich die Tore der Wonnegärten bald für immer für mich schließen würden. Ich versank nun vollends in der glutvollen Verzückung. Mit verzweifelter, fiebriger Innbrunst stürzte ich mich immer wieder in das schäumende, brodelnde Meer der leidenschaftlichen Euphorie. Ich schluchzte dabei, ich wimmerte, wenn die seidigen Düfte meine Haut liebkosten, ich warf mich auf die Knie und flehte die fremden Götter dieser Welt an, mich nicht allein zu lassen ... Was ich jetzt erlebte, war kein freundlicher Sinnesgenuss mehr, das war rasende Ekstase und Verzweiflung gleichermaßen.

Gegessen habe ich wohl nur sehr unregelmäßig, denn das Knurren meines Magens begleitete mich wie mein Schatten. Vermutlich habe ich trotzdem einige Schulden gemacht. Zumindest kann ich mich noch vage entsinnen, dass irgendwann ein Typ mit Dreads vor mir stand und mich anbrüllte, ich solle ihm endlich das Geld zurückgeben, das er mir vor einer halben Ewigkeit geborgt hatte, schließlich müsse er morgen abreisen, das habe er mir schon tausendmal erzählt. Ich wusste nicht, wovon er sprach, und es interessierte mich auch nicht. Ich wandte mich ab, griff nach dem Stein in meiner Tasche und driftete ab in die phantastischen Venusgrotten meines Geistes.

Später sah ich wohl so abgerissen aus, dass niemand mir mehr etwas leihen wollte. Ich erinnere mich, irgendwann an der Busstation ein paar Touristen um einen Dollar angebettelt zu haben. Ein anderes Mal erwachte ich aus einem Wirbel ekstatischer Entrückung und stellte fest, dass ich gerade dabei war, wie ein Hund in einem Mülleimer nach Essbarem zu wühlen. Ich ekelte mich vor mir selbst, aber, so tröstete ich mich, dieser Zustand würde ja nicht mehr lange anhalten. Und wieder griff ich nach dem Stein und zerschmolz in unnennbaren Freuden.

Schließlich kam der Tag meines Abflugs, den ich gleichermaßen herbeigesehnt und verwünscht hatte. Ich war bereits sturzbetrunken vom Whisky aus dem Duty-Free-Shop, als wir abhoben. Bei der Ankunft in Yulara konnte ich kaum noch geradeaus gehen. Dass die Flughafenpolizei mich nicht gleich dabehielt, wundert mich noch heute. Erstaunlicherweise gelang mir trotz meines Zustands, den richtigen Shuttlebus zu finden, und ich checkte auf dem gleichen Campingplatz ein wie bei meiner letzten Tour. Auch das klappte überraschend problemlos. Gleich als erstes rannte ich aufs Plumpsklo und kotzte, was das Zeug hielt. Mein Magen bäumte sich auf wie ein bockiges Pferd. In meiner Speiseröhre brannte es. Alles um mich herum bebte und schwankte, als wolle die Welt jeden Augenblick in ihre Einzelteile zerbersten. Wimmernd krallte ich mich an den feuchten Holzbalken des Sitzbretts fest. Mein Kopf, der plötzlich viel zu schwer für meinen Hals war, knallte gegen die Wand.

Anschließend war es mir sogar zu viel, mein Zelt aufzubauen. Ich haute mich einfach in meinen Schlafsack, ignorierte die Moskitos, die scharenweise über mich herfielen, und öffnete eine Bierdose, um den widerlich sauren Geschmack aus meinem Mund zu vertreiben. Als ich mir zufällig mit der Hand durchs Gesicht fuhr, merkte ich, dass ich aus der Nase blutete. Hatte ich mich vorhin bei meinem Sturz in der Toilette verletzt? Oder zerfiel mein geschundener Körper nun endgültig? Es war mir gleichgültig. In der Ferne schimmerten die Lagerfeuer von anderen Reisenden. Menschen redeten und lachten. Irgendwo spielte jemand Didgeridoo. Mit einem Mal fühlte ich mich entsetzlich einsam. Wie herrlich es sein musste, mit Gleichgesinnten zusammenzusitzen und sorglos die Stunden hinwegzuplaudern ... Aber stattdessen schleuderte das Schicksal mich immer wieder in die tiefsten Abgründe der Einsamkeit. Das Schicksal? Nein, meine eigene Wankelmütigkeit war es, meine Willensschwäche, meine Feigheit, die mir das Leben zur Hölle machte! Damit musste jetzt Schluss sein!

Da kam mir eine hervorragende Idee: Ich trug am linken Arm das breite Lederarmband, das ich von der liebesgebeutelten Französin bekommen hatte. In meinem aktuellen Zustand fiel es mir gewiss nicht leicht, aber ich lockerte das Band, schob den Splitter von Uluru darunter und zurrte es wieder fest. Wie eine Klinge bohrte sich der kantige Gesteinsbrocken in meine Haut. Vor Schmerz schnappte ich nach Luft. Tränen traten mir in die Augen. Aber genau das war es, was ich wollte! Mit zitternden Fingern zog ich den Lederriemen noch straffer. Ja, diese anhaltende Qual würde garantiert bewirken, dass ich schon bald nichts anderes mehr wollte, als den Stein fortzuwerfen und mich so zu erlösen.

Aber du wirst es bereits geahnt haben – auch diesmal konnte ich mich nicht überwinden. Würde ich sonst hier sitzen? Mit zusammengebissenen Zähnen harrte ich aus, bis mein Flug zurück nach Alice Springs ging. Erst im Desert Miracle öffnete ich den Armriemen. Das Leder ließ sich kaum von der eitrigen, schorfigen Wunde lösen. Die entzündete Stelle glänzte gelblichrot. Eindeutig, hier würde eine Narbe zurückbleiben. Doch das war in diesem Moment meine geringste Sorge. Ich ...

Oh, du brauchst deine Gedanken nicht vor mir zu verheimlichen. Ich habe genau gesehen, wie du gerade verstohlen meine Arme beäugt hast, um herauszufinden, wo genau ich den Stein befestigt hatte. Und ebenso habe ich bemerkt, wie das Entsetzen in deinen Augen aufflackerte und du rasch und verschämt den Blick abgewandt hast. Schau ruhig genau hin, und ja, deine Vermutung ist richtig: Es blieb für mich nicht bei einem einzigen Versuch, mich auf diese Weise des Felsstücks zu entledigen.

Inzwischen habe ich es aufgegeben, zu zählen, wie oft ich in den vergangenen Jahren Uluru aufgesucht habe. Stets hatte ich den verfluchten Gesteinsbrocken mit Stofffetzen, Schnüren oder Lederbändern irgendwo an meinen Arm gebunden, so fest ich nur konnte, immer in der Hoffnung, der unentwegte Schmerz würde mich dazu bringen, den Splitter fortzuwerfen. Die Landkarte meines Scheiterns ziert meine Haut. Und noch immer ist es mir nicht gelungen, mich aus dem unheilvollen Bann zu befreien.

Ja, das ist meine Geschichte.

Und wann geht es nun bei dir los? Ach, gleich morgen früh um neun wirst du von deinem Reiseveranstalter hier im Desert Miracle abgeholt?

Na, dann will ich dich nicht länger aufhalten. Ich bin sicher, du möchtest noch etwas von Alice Springs sehen, da du schon mal hier bist ... Doch, glaub mir, es lohnt sich, nähere Bekanntschaft zu schließen mit Alice Springs, unserer wahnsinnigen Tänzerin in der Wüste, der niemand Beifall klatscht. Du könntest dir zum Beispiel Anzac Hill, den botanischen Garten oder die Royal Flying Doctor Base anschauen, einen Bummel durch die Kunstgalerien machen oder zur Telegrafenstation wandern. Die anderen Backpacker waren davon immer ganz begeistert.

Ich? Oh ja, natürlich habe ich das alles selbst auch schon getan. Aber ich konnte es nicht genießen. Ich habe immer nur versucht, diese Pflichtbesuche, die ich mir selbst abgerungen hatte, möglichst schnell hinter mich zu bringen, um bald wieder zu dem Splitter von Uluru und den unendlichen Paradiesgärten der Ekstase zurückkehren zu können. Denn alles ist bedeutungslos im Vergleich zu der unnennbaren, überirdischen Freude, die er spendet ...

Was sagst du da? Oh, vielen Dank für dein Angebot. Ich weiß es wirklich sehr zu schätzen, dass du den Stein morgen mitnehmen willst, wenn du zu Uluru fährst.

Du meinst, es wäre so vielleicht leichter für mich, als wenn ich selbst diese Fahrt auf mich nehmen muss? Da magst du durchaus recht haben, aber ... Was? Hey, das ist doch Quatsch! Natürlich vertraue ich dir. Es ist bloß ... Weißt du, ich bin sicher, dass ich es eines Tages schaffen werde, selbst den Stein zurückzubringen, ganz bestimmt! Das bin ich Uluru schuldig. Okay, vielleicht nicht sofort, aber gib mir eine Woche Zeit ... Ja, ja, ich habe genug Geld gespart, ich werde diesmal ein Auto mieten und dann wird es mir gewiss gelingen, alle nur erdenkliche Entschlusskraft zu beweisen ...

Wenn du mir wirklich etwas Gutes tun willst, gib mir einfach noch ein Bier aus, okay?

Vita

Nadine Muriel, geboren 1977 in Trier, lebt in Heidelberg, wo sie Germanistik, Soziologie sowie klassische Indologie studierte. Seit 2010 ist sie in dem von ihr gegründeten Unternehmen »Schreibcoaching Federfunken« als Lektorin und Schreibberaterin tätig.

Die schreibwütige Lebenskünstlerin hat bereits zahlreiche Texte in verschiedenen Verlagen veröffentlicht. Zudem betätigt sie sich als Herausgeberin. Ihre Kurzgeschichte »Coleo« belegte 2020 beim Deutschen Science Fiction Preis den zweiten Platz. 2023 wurde ihr Essay »Abspann« über die Variabilität sozialer Normen mit dem ersten Platz beim Rain. A. Zondergeld Preis ausgezeichnet.

Ihre Freizeit verbringt sie bevorzugt mit Wandern, Geocachen, Kochen, Lesen, rockiger Musik und guten Filmen.

Die Story »Desert Miracle« ist inspiriert durch einen mehrmonatigen Aufenthalt in Australien, wo Nadine Muriel zuerst als Tierpflegerin im Koala Hospital und als Aushilfe in einem Hostel arbeitete und anschließend das Land erkundete.

Auf Facebook findet ihr Nadine Muriel unter »Nadine Federfunken Muriel«.

Auf Patreon könnt ihr Nadine Muriel aka »Nadine Federfunken Muriel« unterstützen und dafür zusätzliche Updates erhalten: https://www.patreon.com/NadineMuriel

Infos über Schreibcoaching Federfunken gibt´s unter www.federfunken.wordpress.com .

Sie wollen ein gut überarbeitetes eigenes Buch herausgeben?

Hier finden Sie passende Ansprechpartner für ein gutes Lektorat und ein ordentlich gestaltetes Buch.